Friend
of
My Youth

少年时光
的朋友

[印]阿米特·乔杜里 —— 著

曾文华 王莅 —— 译

四川文艺出版社

图书在版编目（CIP）数据

少年时光的朋友 /（印）阿米特·乔杜里著；曾文华，王莅译 . -- 成都：四川文艺出版社，2019.1（2019.3 重印）
ISBN 978-7-5411-5124-8

Ⅰ . ①少… Ⅱ . ①阿… ②曾… ③王… Ⅲ . ①长篇小说 – 印度 – 现代 Ⅳ . ① I351.45

中国版本图书馆 CIP 数据核字 (2018) 第 171114 号

著作权合同登记号 图进字：21-2018-638

FRIEND OF MY YOUTH
© 2017, Amit Chaudhuri

SHAONIAN SHIGUANG DE PENGYOU

少年时光的朋友

[印] 阿米特·乔杜里 著

曾文华　王莅 译

出 品 人	刘运东
特约监制	王兰颖
责任编辑	周　轶
特约策划	王兰颖
责任校对	汪　平
特约编辑	郑淑宁　申慧妍
封面设计	ABOOK 壹书工作室 小一Design

出版发行　四川文艺出版社（成都市槐树街2号）
网　　址　www.scwys.com
电　　话　028-86259287（发行部）　028-86259303（编辑部）
传　　真　028-86259306

邮购地址　成都市槐树街2号四川文艺出版社邮购部　610031
印　　刷　三河市海新印务有限公司
成品尺寸　145mm×210mm　1/32
印　　张　6　　　　　　　　字　　数　100千字
版　　次　2019年1月第一版　　印　　次　2019年3月第二次印刷
书　　号　ISBN 978-7-5411-5124-8
定　　价　39.80元

本书谨献给我亲爱的母亲碧瑶娅·乔杜里

第一章

"我们早已将礼仪忘得一干二净，而礼仪却是我们生命之屋的基石。但是，当它受到敌人的攻击，并且炮弹已经击中它时，这个基石里还藏着哪些珍稀的古董没有暴露出来啊！还有哪些没有被魔咒埋葬的东西啊！还有下面那个幽深牢固的收藏室，只保管世上最凡夫庸常的物品。在一个绝望的夜晚，我梦到我和学生时代的第一个朋友见面了。我们已经几十年没见了，我几乎要忘了他。在梦里，我们重温往日的友谊，亲如兄弟。然而当我从梦中转醒，才恍然大悟，遭受监禁而死的那个男孩的尸体历历在目，引燃我心中刻骨绝望。他被埋在那里警示后人：不管谁生活在此，都不应该像他那样。"①

　　读着这样的文字，我想到了拉姆。越读越觉得，这就是他。我也不知道自己为什么这么确信。尽管拉姆是我去孟买时唯一会拜访的朋友，但算不上"我学生时代的第一个朋友"。我在孟买长大，却对孟买知之甚少，只记得几条马路和几处特定的建筑。

　　读着这些文字，我不禁悲从中来——我也不知道为什么。

　　抵达孟买后，我打了几通电话，然后等待出租车或者其他前来接机的车，让司机载我去下榻的俱乐部或酒店。一路上，我都在留意新鲜事物，例如新建的立交桥。某些消失的事物虽然算不上地标，但是有助于确认方位。比如，陈列着家具的展售店、路旁的渔民住所。要是孟买没什么大变化，或许反而会让我惊讶，甚至失望。记得从机场驶向马希姆的道路尽头的右侧是一座清真寺，寺庙门口装了几个扩音器，周边车水马龙。再往前开一点儿，左侧有一片臭烘烘的海水，我曾经在那边的

---

① 本段文字来自瓦尔特·本雅明的小说《单行道》。

教堂参加过葬礼。当时还是和拉姆一起去的。这里不是我儿时的家，却唤起了我的童年记忆：恐惧、困惑、焦躁，看不起别人，也看不起这座城市。父母不经意间让我养成了这种铠甲般不可思议的优越感——如今是再难找回了。

*

这条路是新修的，气派极了。

水面上架着一座桥，之前来过两次，如今依然稳固如昔。雨季来临的时候，桥梁缆绳在重重雨幕中岿然不动。车子继续向前驶去。突然，一座地势低平、略有起伏的小岛跃入我的眼帘，岛上有一座寺庙和许多造型奇特的房屋。这样的景致，在老公路上是看不到的——老公路沿海分布，基本和新公路平行。这里都是渔民的住所，没有贫民窟。匆匆一瞥之下，禁不住要对这些渔民做出浪漫的联想。一百年以来，在马希姆人眼中，他们无异于隐形人。也许他们就喜欢做隐形人，也许他们从没意识到自己是隐形人，也许他们根本不知道自己还能有存在感。当然，他们肯定会注意到这座桥建起来了。孩子们长大了就要离开，那他们会离开吗？岛上的房子颜色总是淡淡的，淡黄色、淡粉色、粉白色，看起来不像人要背井离乡的那个家乡。

　　这座桥并不长——我有意缩短了行程。从桥上经过时，你会希望沿路的风景——各种直线、几何形状、不可侵犯的单调意味，能够停留得再久一些。桥上没有行人。之前说自己会想念的林林总总，嘈杂人声、纷扰世事，等到站在桥上，都会不由自主地抛开。

　　汽车经过桥的另一侧，转入沃里，这是沃里环境较差的一侧，路面坑洼不平，汽车根本开不过去，只好掉头。只见海边破旧的平房已被新贵建造的气派高楼取代，排列在左侧。右侧是荒凉的海域，没有沿海而建的大道，也没有气派的海景大门，甚至不属于珠湖地区。这片海给人的第一感觉，是一股泰然自若的凶狠气势。虽然不情愿，但你此时已经置身于遥远偏僻之地——沃里自古以来就是如此。然而这里却收得到手机信号，可以打电话了。

不过我没有打电话，而是给两个认识的人各发了一条短信。"我会在五号晚上六点半举办读书会，还有六号晚上八点有一场演出。如果有空，不妨出席。"汽车右转驶向哈吉阿里，我用手机把傻气十足的短信发送给一点儿都不熟的人。别人的任何需求都会让我不自在。但我不能不珍惜观众。

"今天天气怎么样？"我用印地语问司机——刚刚发完短信，感到无聊时，天气是最好的寒暄话题。

听到我问话，他调低了音量。播放器里放的是二流歌手翻唱的电影歌曲，为什么不放原声，我猜不到，或许是翻唱的歌曲更容易买到吧！也许司机本人就是那位翻唱歌手呢。在孟买，人们更愿意身兼数职。这里经常用到"身兼数职"这个词。

"已经是夏天了吧！"他说，声音严肃低沉，实事求是。

现在是三月，却没有一丝凉意。孟买没有冬天，这点人人都知道。但我感觉他认为我不知道。他是地地道道的"孟买人"；而我只是一个过客——他礼貌地询问我想走的路线，试探我对本地的了解。他根本想不到，我这个从机场接来的乘客，从小在这里长大，孟买早已融入我的生活。我很想告诉他，但没找到机会。每次车一停下来等红灯，就有盗版书小贩神奇地一拥而上，一边挥舞着裘帕·拉希莉① 的小说，一边用锐利的目光打量着你，还有黑人姑娘兜售着洁白的茉莉花和白手镯。

"来这儿做生意的吗？"司机问我。

我想，写作也算是一门生意。是的，我是来做生意的，但没有告诉他是什么生意，我觉得他不会理解。我到底是来做什么的呢？如果我赚了几百万，又花了几百万，那还说得过去；但……不管怎样，反正来都来了，奇怪的是，别人倒也认可我做的生意，说不定这位司机也能明白。"生意"这个词在语言上具有极大的可塑性，比如"写诗的生意"。

我感到一阵迷茫——是因为厌倦了售书会，还是厌倦了与书籍有关的旅行？不全是这样。因为这里是孟买，我被动地回到了令自己心不甘情不愿的城市。不情愿才是根本原因。你并不想仓仓促促地长大，但还是不由自主地长大了。突然有那么一天，你觉得自己终于"长大成人"，离开了孟买。现在回

---

① 裘帕·拉希莉（Jhumpa Lahiri，1967－）：1967 年出生于英国伦敦，在美国罗得岛长大。2000 年凭借短篇小说集《疾病解说者》获得普利策小说奖，成为史上最年轻的普利策小说奖获奖者。

到这里，我生于斯，长于斯的地方，这里再不能对我怎么样了。我假装忙碌，我想这就是生活，未必需要意义。我没想到这次访问是我生活的一部分。我坚信我一定会在活动结束之后恢复活力。

拉姆。我看拉姆和看孟买不一样，拉姆不是我童年的遗迹，他是我在孟买硕果仅存的老朋友。虽然这话听起来，仿佛其他朋友都死了一样，但你知道我的意思。我们经常争吵，情谊模棱两可，他总是令人恼火，我也总是夸大妄想，但我俩都是靠谱的人。

拉姆不在孟买，在阿里巴格①接受戒毒治疗，这活像一种惩罚：他不能通电话，也不能离开。他姐姐把他的新闻告诉了我，其实也算不上什么新闻，他是自愿去那里的。戒毒所会一劳永逸地治好他。出了什么问题？以前是因为吸"红糖"②，

---

① 阿里巴格（Alibag）：海滨城市，印度西部马哈拉施特拉邦的莱加德区的总部所在地，位于孟买南部，离孟买约 120 公里。

② 红糖（brown sugar）：一种毒品的名称。

这次还是老一套？拉姆曾经跟我说过，这种毒品简直就是"狗屎"，纯度太低了。他在阿里巴格待了一年，还会再多待一年。真是令人难以置信！但是我知道他或许没有瞎说，他第一次吸毒的时候，用药过量，差点儿归西，我当时就在他旁边。但这是仅有的一次，他虽然长期吸毒，但是相当谨慎，胆子也小，从来不敢以身犯险。当时多亏了一个好警察和一个叫赛伦德拉的医生，他才有命活下来。他确信自己遭遇了突如其来的打击，表情凝固，呆滞了整整一年，就像一只惊恐的兔子，感到子弹贴耳堪堪分毫，呼啸而过，过了好久才缓过劲儿来。"我看起来怎么样？怎么样？"他眯起眼睛问我。他总是渴望了解别人对自己的看法，但又对此漠不关心，多么矛盾，真是奇怪。"你看起来恢复得不错。"我撒谎道。他老了好多，头发少了，人也发福了，简直成了典型的中产无名人士；他甚至改穿棕色棉裤，不再穿牛仔裤。但那自恋自大的神情又回来了，令我喜忧参半。一年后，他又一次"偷溜"了，没吭一声就跑去戒毒，我也不知道具体在什么时候。出于强烈的责任感，或者出于淡淡的怀旧感伤，我偶尔会打电话给他。其实我们之间真没什么可谈的，除了一些日常寒暄——他的健康、毒品、生活、孟

买，要是有了工作收入，他会过得多好，手淫，回忆学生时代
认识的女同学。他匆忙但诚恳地问候我的家人，由衷地喜爱我
的父母。

*

　　实际上，无论是否情愿，我总是盼着再见到他。我没有
刻意强调，但事情就是这样。下午闲来无聊，我就给他打电话，
然后去找他。有时，他会来我下榻的酒店，或者来孟买体育馆
找我，我会在访客记录上登记他的信息。有时我在活动开始前
半小时看看书，他会在观众席耐着性子等我。尽管他对此不屑
一顾，相当焦躁，但还是很耐得住性子。晚上，我们一起出去
吃饭，有时，会有其他作家一起，他会感到非常不安，充分验
证了他有多不待见"知识分子"。我有时也直接划清界限，告
诉他我有采访和会晤，不能见他。不知道这样对待拉姆是否公
平，这个问题一直在我的脑海里萦绕。但是，希望朋友随时有
空陪伴自己，也是人之常情，对吗？

拉康[1]说，人的自我意识在"镜像阶段"形成。这种老掉牙的术语和概念，或许会让你觉得好笑——心理分析学中的革命性思想大多难逃这样的命运。人在大约一岁时，就能认出镜中的自己，明白镜子里那个蹒跚学步的孩子就是自己。拉康认为，人对自己的镜像在一定程度上怀有情欲。我自然早就忘了第一次在镜中看到自己是什么情形，但我清楚地记得，在四五岁时，我曾充满挑逗地看着镜中的自己——把镜像当成色欲的伴侣，在镜子前逡巡徘徊，恋恋不舍。20世纪80年代，达达拜·瑙罗吉路上的纺织厂发生了一场大火。妈妈曾带我去过纺织厂附近的商场，我还记得，当时她聚精会神地挑选莎丽裙，而我紧紧贴着镜子，和自己紧密相依。

人生之中，必然还有其他重大飞跃，和"镜像阶段"一样重要的飞跃，拉康并未提及。有些是所有人普遍存在的，而有些却是部分文化所特有的。意识到父母是人（而不是自然界的一个元素），意识到父母和我们是相互独立的，父母曾经也

---

[1] 拉康（Lacan，1901-1981）：法国精神分析学家、哲学家。他提出的镜像阶段论等学说对当代理论有重大影响，被称为自笛卡儿以来法国最为重要的哲人。

是小孩，父母也是出生来到这个世界的，就是一次飞跃。就像你之前从没看懂过父母一样，不满十个月大时，你也不会明白镜中的小孩就是自己。到了十六七岁，过不了多久，也许就一年，你会明白父母终将逝去。并不是说你之前从未接触过死亡，但是在此之前，你早熟的思想就是无法接受父母必然去世的事实，除非把这当成一种学术礼仪，因为太过文艺、太过伤感而被轻轻略去。直到这一天，你这才突然能够轻易理解父母必将离世的命运。渐渐地，你会越来越明白，虽然人生中有各种各样一开始看似神奇的相遇，例如和父母相遇，和自己相遇，但是人本来就是孤独的，还将一直这样孤独下去。尽管父母尚未离世，但你会明白，父母陪伴我们的时间，只有短短几十年，这是觉悟，并非预感。看着父母，你再也不会深思感慨"爸爸妈妈终将死亡"。这会成为不言而喻的事实，没有什么好惊讶的。我的心智成长历程，大致就是如此。

拉姆不见了，这出乎我的意料，让我不知所措。要去定义的话，这该属于心智成长的哪个阶段呢？

第二章

　　尼赫鲁夫人公园的斜对面就是俱乐部，出租车左转后就到了我的目的地。我提着行李，上了三级台阶来到正门。事实上，对需要入住的顾客来说，从正门进去不太方便，要穿过长长的走廊，再左转，才能到俱乐部另一端的接待处拿到房间钥匙。今晚，这里会举行活动，广告上写着：帕西风味自助晚宴和珀西·卡姆巴达的手风琴演出。

　　房间里有一个长沙发，桌上摆着几份大版面报纸。还为后来的人提供了几份小开晚报。

　　每一次到这儿来的情形，我都记得。每次离开孟买，我和我父母都会一起来这里。那时，我在牛津读书，但经常回来，帮助父母搬家。我说的"离开"，不是指外出度假：尽管

我当时确实表现得像外出度假。其实我们要远走高飞。我当时
并不在乎，觉得无非和蜕皮一样，没什么大不了的。后来我们
搬到加尔各答，和这儿断了一切联系。我嘴上说对孟买毫无留
恋，但每次要回来，我们一家都满怀期待。我们筋疲力尽地来
到俱乐部，在这儿住了最后两晚。我家卖了房子，在孟买没有
家了。不过父亲是这儿的终身会员，俱乐部就是我们的第二个
家。虽然疲惫，但是银货两讫，倒也心满意足。犹记得当时母
亲坐在沙发上，面前摊着大幅报纸的情景。当时的接待处是在
这一侧，靠大门口的吗？走进俱乐部的大门，我有种似曾相识
的感觉。以前，我也常常觉得这里的一切似曾相识，还记得我
们所有的东西——书、家具和瓷器被装进大木箱时的情形，还
有大厅。我模糊地记得曾经也梦见过大木箱，梦见一天下午和
父母一起到这儿来。我不禁打了个寒战：难道我当时已经预感
到全家要搬走？这种感觉根本不是似曾相识，而是再次重温梦
里的预言。那时，父母住在班德拉，正考虑要不要离开孟买，
那段时间，我每过三四个月就要回趟家。回忆起这些往事，我
不禁微微一笑。

我向接待处的女服务员点了点头："最近还好吗？"

"我很好，先生！您父亲还好吗？"女服务员回答道。

"他很好，谢谢！"他们像洋娃娃那样轻轻侧摇脑袋，以示友好亲密。他们问候我父亲，因为父亲是终身会员，而我不是。但我父亲现在在哪儿呢？

接待处的男服务员非常礼貌热情，女的则是一板一眼的态度，这里的女员工从来不会太过热情。经过那个"珀西·卡姆巴达的手风琴演出"的广告时，我在考虑晚上要不要溜到帕西风味自助晚宴上大快朵颐一番（我对帕西风味美食毫无抵抗力）。左转进入走廊，住客们紧紧坐成一排，乍一看满眼都是胳膊、腿和网球拍。这些帕西人①和古吉拉特人②开朗活泼、热情健谈，但是出奇地排他。这家俱乐部的员工，就像德干高原的泥土一样朴实无华。70年代时，达塔·萨曼特担任工会

---

① 帕西人（Parsis）：生活在印度的伊朗先知琐罗亚斯德教教徒，大部分是波斯后裔。他们主要住在孟买市以及市北一带的几个城镇和村庄里，但因为他们不是印度人，所以明显地自成一个社会集团。

② 古吉拉特人（Gujaratis）：南亚印度民族，主要居住在印度古吉拉特邦境内，基本属欧罗巴人种。

领袖，当时，几乎所有雇主与员工之间都有福利纠纷，这家俱乐部也不例外。只有部分矛盾是阶级差异造成的，其他是种族和社区团体方面的原因。移民往往优越富裕，当地人则生活贫困。现在，似乎没有人想离开这儿：服务员们聚在一起聊着八卦，会员有的倚着桌子，有的抬眼对视，你一言我一语，激烈地讨论着问题。

我还记得，从前的俱乐部只是一栋破败冷清的政府食堂，非常萧条。星期天，偶尔能看到三四个会员在那儿吃饭，大大的瓷碗里盛了米饭，配上果阿①咖喱鱼和黄瓜，厨房始终安排在看不见的方位，服务员端着托盘要走很远才能把食物送到顾客的餐桌上。应该是 1970 年吧，我家搬到了俱乐部后面的特莱多大楼。俱乐部为拓宽受众、改善客源，给特莱多的每个户主都授予了终身会员资格，父亲也是从这一年开始成为会员的。这样也好，我们可以随时去俱乐部小住一阵。离开孟买后，

---

① 果阿（Goa）：位于印度西岸，是印度联邦最小，也是最富有的邦，以米饭和咖喱鱼为主食。

方便的时候可以继续住在这里。真是今非昔比，俱乐部所在的位置，俨然已经成为城市最繁华的地带了。由于这里以前不属于殖民管控区，因此会员条件相对较低，只要有钱就能办理，吸引了许多潜在客户。据说，其他老俱乐部都不接收新会员了。从那些懒洋洋地窝在软椅沙发上的人身边走过的时候，一定要记住，虽然他们或许算不上什么社会精英，但着实非常有钱。再说，谁又有资格来决定谁才是正统贵族？是不是贵族，在这里又有什么关系？有几次我是晚上过来的，刚到正门，就听见里面传来的阵阵喧闹，这让我想起了诺姆·乔姆斯基①的犀利名言："世上没有哪群人像印度贵族这样喜欢宴请聚会。"

　　俱乐部又变样了，这里每年都会重新装修一下，这次是在外墙装饰上做了一些调整，新增了大理石地砖，还换了餐厅名字。但主顾还是老面孔，主要菜色也没变：炒米沙拉、酸辣酱三明治、咖喱豆蔬鸡，还有帕西酸辣酱。这里的咖啡只有两

---

① 艾弗拉姆·诺姆·乔姆斯基（Avram Noam Chomsky，1928 -）：美国哲学家、语言学家。麻省理工学院的语言学荣誉退休教授。乔姆斯基的《生成语法》被认为是 20 世纪理论语言学研究上最伟大的贡献。

种：一种是雀巢咖啡，热水旁边的罐子里装着速溶咖啡粉；另一种是过滤式咖啡，杯底可以看见南印度咖啡豆的颗粒，大口喝起来能感觉到沉淀物。如果你点了茶，服务员会问，您是要加奶加糖的"调制茶"，还是"素茶"？我通常只要"素茶"。

第三章

　　我回到房间，躺下。这里也翻新过。我不喜欢"翻新"这个词，听来拗口生硬，就像听感冒的人说"发薪"，"翻新"这词还有点儿讽刺意味呢。反正房间是新了，奇怪的是，新的装修仿佛消除了我旧有的记忆，现在我只记得浴室的模样，记得淋浴头下还有一个塑料桶。我闭上双眼。空调温度固定在二十三摄氏度，虽然桌上放着遥控器，但只是个摆设，根本没法调整温度。我为什么不接受主办方的邀请，去住阿波罗码头新开的高级酒店呢？也许，对我来说，绕开正儿八经的代理商，在小吉布斯路上低调隐秘地住上几晚，做一个默默的过客，这样更有诱惑力。我小时候就住在小吉布斯路，离这个俱乐部不远，但也不太近，是刚好能捕捉到心跳，完美享受假期的距离。

这间翻新过的客房，床铺、挂画和镜子全换了新的，空调温度舒适恒定，收费虽然比以前贵，但是依然相当便宜。当然，因为住宿费可以报销。我们这些作家虽然赚得不多，但差旅费处处可以报销。我们一路放债，最终会有人付钱将我们那"一磅肉"① 悉数回收。

---

① 一磅肉：出自莎士比亚《威尼斯商人》。高利贷商人夏洛克为报复商人安东尼奥，乘签订借款契约之机设下圈套，要求他割下身上的一磅肉代替债务。

第四章

　　拉姆不在，我无事可做，便一个人出去散步。

　　阿俊也不在，他飞到德里去做一场关于基因的讲座。我们是在牛津上学时认识的。他目前负责管理一个位于孟买郊区的国家实验室。他和我一样，打算学成后回国，我们都无法忍受在西方生活，多待一天也不行！虽然阿俊正打算接受伯明翰的一个会议邀请，但是他从1998年就没离开过印度了。他如此缺乏热情，实在是让我惊讶。我俩在一起很少讨论正经事，主要都在回忆青葱岁月，感怀结婚之前的时光，就像我们在牛津时那样。拉姆总是怀疑我俩之间不够坦诚。他坚信阿俊就是典型的"知识分子"。"他人还不错，但是很好色"，这是他对阿俊还算客气的评价。"但是"一词有点儿意思，把拉姆的道德优越感体现得淋漓尽致。自幼受成长环境的影响，虽然拉姆是个瘾君子，算不上文化人，但没有阿俊好色。因此拉姆多次声称自己在道德上高人一等。每次他挑剔阿俊道德水平的时候，我都会随声附和，含蓄地表示同意。是的，我们俩都没有阿俊好色。

从俱乐部大门出来，往大马路走去，左边是尼赫鲁夫人公园。我往公园扫了一眼，一切安然如旧，现在的公园，如同儿时每日所见。我的思绪飘然离体，萦绕俯视周围，审视思考着现在的状况。这样的生活不属于我，我原本可以过着这样的生活，但却另有所选。我没去公园，而是向右走了，打算去买牙膏。在客房打开洗漱包，我才发现没带牙膏。我走进一家熟悉的食杂店，以前我总在这儿买吉百利牛奶巧克力棍。牛奶巧克力棍食指般大小，在我八岁时，一卢比①一个，如此纤细宝贵的东西，不到十秒就被吃光了，让我着迷得很，简直不像是被我吃掉的。我喜欢巧克力上的字母印，喜欢咬住巧克力的感

---

① 卢比（rupee）：印度、巴基斯坦、斯里兰卡、印度尼西亚、尼泊尔和毛里求斯所使用的货币名称。

觉。我迈上两层台阶，发现商店里异常繁忙，仿佛过圣诞节一样。这里的古吉拉特店员尽职尽责，十五秒之内，就把高露洁牙膏拿来了。结账后，我考虑着再买点儿别的什么。此时，一个售货员正站在货梯上，从货架最上层取下一瓶洗衣液。商店的每个角落都是匆忙买卖的身影。

这家店居然还在，真令人惊讶！难道是因为马拉巴山一带生活富裕——或者和财富无关？隔壁的店铺也是生意兴隆：右边的圣斯蒂芬糖果店和左边的两家杂货店都还在，我第一次看到这几家店铺，是四十年前了。为什么有钱人会光顾这些地方？难道是因为恋旧，希望这些老店能保留下来？事实上，马拉巴山地区受到了精心保护，风貌宁静平和，一如往昔。住在这里的时候，我只去刚才买牙膏的那家商店买吉百利巧克力或者陪母亲去买卡夫芝士。如今，作为游客，我才发现圣斯蒂芬商店和那里美味的超薄酸辣酱三明治。每次来孟买，都要（按照指示）给我的家人带点儿东西回去，我自己也会买一些，例如这种三明治，是我来这里的任务之一。

第五章

　　我穿过街道，来这里参加读书会，今天一下午都没事可做，晚上也是空闲的。要是能提前约上几个朋友该多好呀！不过，我在这儿也没什么朋友。我时常对自己在孟买无所事事的状态感到惊讶，但也不想深究其中的原因。理智告诉我，"孟买到处都是我的熟人或老熟人。"这个结论可经不起推敲。毕竟，除了拉姆，我跟读书时要好的同学都断了联系。

　　穿过马路后，眼前出现了一座突兀高耸的大楼，这座大楼建于 20 世纪 70 年代末，挡住了阿拉伯海部分美丽的景色。之前，我们可以在此一览无余地远眺阿拉伯海风光，虽然这座楼现在和我没什么关系，但还是令人恼火。这座楼入侵、占用了这片美景，而且还会没完没了地占用下去。

楼前的路面没有人行道，一个妇女蹲在地上，面前摆放着一篮水果。她卖的这些水果，对面的水果店里有没有，我说不准。另一边，一群妇女围坐在一起。而这条路上只有她，小吉布斯路上也只容得下她一个人。

她旁边有一条狭窄的走道和几层台阶，笔直陡峭地通向阿拉伯海边，我从未走下去过。台阶下有不少流浪汉。地平线上，一抹碧蓝跃入眼帘。人的一生往往为生计忙得团团转，甚至来不及熟悉自己生于斯，长于斯的故乡。就算是散步，走的也是老一套路线，即使烂熟于心也不去更改。马拉巴山还有许多我不知道的奥秘，就像那一抹碧蓝。

我丝毫没有怀旧。再也回不到从前造就了我的孟买了，我已经粗暴地和它切断了联系。孟买从来都配不上我。甚至现在，我还是和以前一样，对描写孟买心存迟疑。这是我的秘密。从我住在这里时就是这样。例如，那辆奔驰，我爸爸的那辆白色奔驰，我的朋友叫它"大奔"，对驾驶它的人而言，开上它神气十足。我以前乘这辆车去上学，会提前十分钟下车，然后步行一小段路，到埃尔芬斯通学院。我沉浸在对生活的追忆之中，缓过神来，才发现已经走到了尼赫鲁夫人公园旁的公交站。这个车站有 102 路和 106 路车，102 路是红色双层巴士，106路是单层公交车。和加尔各答破破烂烂的公交车不同，这里的公交车看起来结实完好。当时我家买了奔驰，但我不想坐这辆车去上学，于是开始尝试坐公交车。公交车把我带出了那个不可思议的蚕茧。我乘坐 106 路，迎着阵阵海风，在埃尔芬斯通学院附近下车。有时，我会背上一把吉他。一下车，头发就会被猛烈的海风吹得凌乱不堪，一切都恰如其分。

第六章

　　《不朽》是我的第五部小说，也是最长的一部小说，前后花费了我九年时间。这么说来容易让人误解，其实我并非时时刻刻都在创作。倘若有个计时器，能精确测量我所用的时间，那倒是件有趣的事儿。恐怕我真正将笔墨付诸稿纸的时间加起来也就一年。即使如此，写作的跨度似乎也很长，显得飘忽不定。一年！不，我当时构思的不仅仅是这部小说，还在构思我们称之为"生活"的，充满抗争的故事。2000年年末，我逃离英国，试图以此来逃避全球化。我不是想回到全球化之前的时代，只是想脱身抽离，四处走走。于是，我搬到了加尔各答，把这部小说暂时撇开，搁置了一阵子，借此逃避全球化。我写小说，写散文，创作音乐。九年里大部分就是这样过来的。

我穿过大门，进入尼赫鲁夫人公园。我很喜欢这里，不过小时候不常来。这公园是个地标——别人问起住所，我们就说"住在尼赫鲁夫人公园附近"。即使在今天，如果要到俱乐部去，我也会跟出租车司机说"到尼赫鲁夫人公园对面"。因为似乎人人都知道这里。我喜欢这里，不过发现这个公园，大约是在我十几岁，用全新的眼光审视生活的时候。一直到了十几岁，我才开始探索近在咫尺却一直忽略的许多事物，其中包括印度古典音乐、黑白印地语电影、印地语电影歌曲，甚至尼赫鲁夫人公园。除了近在眼前，却从未引起我注意之外，我不能确定上述事物之间有什么关联。我的上层中产生活中没有这些内容，一直到十六七岁，生活结构有所松动，这些事物才得以水落石出，大部分是我一个人的发现。

其实尼赫鲁夫人公园，乃至整个印度旅游业的常客，主要是工人阶级。我们以为工人阶级整天都在工作，可实际上，工薪阶层和"蓝领"工人对娱乐活动情有独钟。他们从很远的地方（北部的加特科帕区，南部的默伦达区）来到尼赫鲁夫人公园，可能最后会换乘106路公交车来到这里。他们举家出动；

男性朋友手拉着手，成双成对地在公园里漫步：到现在还是老样子。你可以看出本区的上层中产人士，男人往往穿着短裤，女人穿着运动鞋。他们跑着步，轻快地从你身边掠过，每隔七分钟在你的面前出现一次。上层中产人士总是独来独往，不会成群出现在公园里。来自默伦达的游客很少会跑步，他们的行程是计划好的，一家之主总是极有耐心，让全家人懒洋洋地斜倚在草地上，熟稔老练得仿佛一园之主。孩子们四处奔跑嬉戏，有时会冲上圆形高台，高台的屋顶一到雨季，就变得颤颤巍巍。孩子一跺脚，讲台一带就回响起迅捷而轻巧的拍击声。无论是一年前，还是四十年前，所有这一切，我都记得。不是说孟买一成不变——孟买是距离一成不变最遥远的城市！但是有一些事物——比如这里的响亮回声，总是亘古不变，如期而至，他处难觅。

有机会受邀来孟买举办书友会或发表演讲，我是很乐意的，尤其是这样的机会并不多。没什么人想让我在孟买举办书友会，虽然这样说有点儿夸张，但这并非针对我，因为这里的文学活动实在是少之又少。未来收到来自阿布扎比、巴塞罗那或者仰光的邀请，倒是更有可能。孟买属于宝莱坞，宝莱坞是孟买的想象力之源，发展的动力。这里商业氛围浓重，毫无学术氛围，连大学都被边缘化。正因为如此，我总是带着莫名的期许，等待着受邀的机会，有时几个月，有时一年。我并非想在孟买宣传自己的作品，而是因为渴望重归这生我、养我的城市。

谁会来参加我的读书会？我可以预测到是怎样的人。大概会有一两个我能模糊猜到名字的人，但很少会有过去的老面孔。寥寥几位学校的朋友、父亲的同事，还有几个认识的听众——我熟悉他们的衣着和口音。他们怎么会来参加我的读书会？我没有自信出名到让他们认识我。我早已习惯了在孟买无人问津，年复一年始终籍籍无名，或者更准确地说，是我父亲身份的衍生品——乔杜里先生的儿子。就像俱乐部人员的问候，"令尊近况如何？"这是我在孟买早已习以为常的问题。

尼赫鲁夫人公园的斜对面有一座花园，被人称为空中花园。但我总觉得，尼赫鲁夫人公园才像悬浮在城市上空的空中花园。空中花园位于马拉巴山山腰处。至少，从俱乐部和邮局一路走来，登上二十多级台阶，来到空中花园的大门，发现自己位于一片高地的顶部时，我会觉得空中花园的海拔相当高。与尼赫鲁夫人公园相比，空中花园更像中产阶级的领地，里面有许多目的明确的行人，他们小腿裸露，短袜提到脚踝。造型趣味盎然的植物盆景比比皆是：这里一只犀牛，那里一个坐在大象身上的男孩，那里一只长颈鹿。这些大都可以忽略，最奇特的莫过于尼赫鲁夫人公园中心区域的一只巨型鞋子。作为孩子，第一眼看到它，一下子就会想到鹅妈妈的童谣："从前，有一个老奶奶住在鞋子里。"脑海里浮现各种充满童话想象的屋子和公园环境重合。其实这个鞋子是卖糕点的糖果屋（汉赛尔和葛丽特① 一发现糖果屋，就开始狂吃起来）。鞋子屋只有一层楼高，人们都争相往上爬，但我从来没有钻过鞋子。我沿着鲜花夹道的小径往下走，路面长满了不知名的花草；我算不上热爱自然，认识的草木只有凤凰木和三角梅。最后到达一个

---

① 汉赛尔和葛丽特出自《格林童话》中的《糖果屋》，讲的是他们兄妹二人被继母扔进大森林，后来到了女巫的糖果屋，差点儿被吃掉，最终凭借机智和勇敢逃脱魔掌的故事。

露台，整片海岬一览无余，海滨大道、波光耀眼的阿拉伯海、孟买船运航线，纳瑞曼区的狭窄地带，或高耸，或窄长的各式建筑，现存的古老哥特式塔楼、炮台、古老的圆拱穹顶，各色景致尽收眼底，滔滔海水涵纳这一切林林总总，浩荡铺展到印度国土之外。本以为这露台必定人头攒动，但场面还算有序。游人举家出行，男孩子伸长了脖子张望；父亲志得意满；母亲则滔滔不绝；只有小姑娘看上去欢欣雀跃。自然没有孟买本地人会来这里，至少，没有自认为属于或拥有这个城市的人来这里观光。因此，我伸长脖子眺望，但尽量不占用太多时间，以便把位置让给身后的人。这里的景象蔚为壮观，而且年深日久，我从小就从马拉巴山的这里或那里茫然远眺，却很少留下记忆；现在故地重游，再次俯瞰，我竟不知所措。我转过身去，将孟买抛在身后，看着面前吵嚷喧闹的孩子，知道他们肯定认为自己收获了什么。

身后的孟买夜幕即将降临，海面上的粉红色波涛绵延扩展，我沿着红色小径走向大门，再次回到公交站。口袋里一阵短暂振动，是手机。我掏出手机，看到短信："不要忘了取鞋子。"

当然，这可是重要的事！我刚才忘了。我瞪着手机，回复道："告诉我具体细节，我不记得了。"回俱乐部的路上，手机再次振动："直接去取就好了，到了记得打电话。"

　　鞋子叠在一起，还放在房间的行李箱里，妻子和母亲各有一双，在布袋里微微隆起。我把布袋装进塑料袋里，出了房间。这可是我在孟买的重大使命——为妻子和母亲大人换掉这些定制的鞋子，一双大小不合适，一双颜色不合适。我的母亲，都快八十五岁了，除了简欧牌休闲鞋，别的鞋子一概不穿。这家鞋店位于泰姬陵附近，最早开设于 20 世纪 70 年代，母亲一开始就是这家店的忠实顾客。即使是现在，她无法亲自来到孟买，也会打电话从这里订购鞋子。她通过电话，用孟加拉口音和销售员沟通："穆纳？你好吗？"穆纳是一个和蔼可亲的销售员，他对我的母亲回道："您好，女士，一切都安好。您什么时候有空来这边？"

　　"我去不了，但我的儿子会去，"母亲坚定地说，"请你换掉上次寄给我的那双，大小不合适。""尽管送过来，我再给您发一双满意的过去，"他轻快地答应着，"您还有其他什么需要吗？""我的儿媳妇……"她郑重地重复道，"我的儿媳妇，穿不了上次买的那双夹趾凉鞋，麻烦你帮她换一双绑带凉鞋吧。""没问题。"显然穆纳此时还有其他顾虑。"您的尺寸是五码，对吗？""四码半，"母亲纠正说，"我儿媳妇的是六码。"她自觉补充道。她们两人的脚都很小，母亲的脚尤其小，很可能简欧鞋店还要安排鞋匠按照尺寸再新做一双绑带凉鞋。谈话结束后，母亲和我都很庆幸穆纳在经历了11月26日那场可怕的灾难之后，安然幸免，依然健在。我十四岁起就认识他，虽然事情已经过去两年了，母亲仍然会关切询问："你还好吧？""哦，是的，很好！"穆纳说道。他没有意识到母亲在问什么，但他非常善于安慰别人，所以两人的对话还是非常愉快的。

这位出租车司机很会试探乘客的深浅。他把车停在熙德酒店前等候乘客，我穿过马路，刚对他说了句泰姬玛哈酒店，他立刻兴奋地说道："从巴布尔纳什过去还是从沃尔克斯沃过去？"他知道问了也是白问。我却答道："沃尔克斯沃。"在后视镜里与司机目光交会。我们很快路过耆那教寺庙，从外侧只看到寺庙里醒目的蓝色柱子。我们驶过焦伯蒂急转弯道，过了市政厅，一片汪洋赫然映入眼帘。现在我身处于先前观赏的景色之中——这是我在十二楼阳台上日夜俯瞰的景色，是我去上学时要走的路。十四岁时，我就知道这段行程不可能永远持续下去。小时候，大清早去上学的路程漫长得仿佛没有尽头，我在车里偷偷摸摸地祈祷，没有人知道，父母、司机，都毫不知情。有一次，校车里的一个女孩瞥了我一眼，怕被她发现小秘密，我紧张痛苦了很久。我求助于藏在路边每个角落里的天主雕像，祈祷今天不用上体育课。"拜托，让马祖姆达先生今天不要叫我跑步。"我恳求着，虽然不确定上帝是否听到了我的祷告，但一定有个圣人在等我。海滨大道堵车的时候，我看到一个慈善可亲的塑像，底座上写着"我们的悲伤圣母"，我对着她的方向祈祷。就在那一刻，女孩从车窗上方相邻的便利位置，看见了我，我一睁开眼睛，便与她的目光相遇。为什么那时会走海滨大道，我不得而知。我们通常会开车先上天桥，然后下到德霍比塔劳，或者经过教堂门，然后在"伊朗航空"标志处左转。

我们沿着海滨大道继续行驶，我看到一个公告牌，写着"尼克希尔·查干拉勒"。我之前都没注意到。除非是新立的，但标牌看起来并不新。难道是那个尼克希尔·查干拉勒吗？那个无情地捉弄我的六年级男生？标牌上注明他是个画家。那晚，我用笔记本电脑在谷歌上搜索，发现相貌非常匹配，果然就是他！他那时骨瘦如柴，现在壮实了一些。他的"近期作品"是一系列房间的图画——主要是卧室和起居室。房间空无一人，却充满了生活气息，床上有一个棋盘；沙发旁摆着西塔琴[①] 和塔布拉斯鼓[②]；地毯上放着一罐可乐，地毯颜色鲜亮火红，让人心花怒放。

　　房间的视野可以看到大海——不太像孟买的海（色调太蓝）。画作晕染得均匀恰当，宛若火苗徐徐燃烧。我全神贯注地看着，我当时一定以为（却没有意识到）自己才是六年级普通班里最"有名"，或者说艺术野心最强的人。

---

① 西塔琴：印度的一种大弦弹拨乐器，可以说是最具代表性的印度古典乐器。

② 塔布拉斯鼓：印度的一种手敲小鼓。

第七章

泰姬玛哈酒店外面人声鼎沸，之前这里是出租车司机的天下，他们曾在这儿大摆长龙候客，两年多前的那次恐怖袭击[①]发生后，酒店出台了新的安保机制，所以变成了现在这种状况。说起那次恐怖袭击，至今让人不寒而栗。当时恐怖分子乘坐一

[①] 2008 年 11 月 26 日 21 时 30 分左右，一伙端着冲锋枪、拎着手榴弹的恐怖分子闯入孟买最知名的五星级酒店——泰姬玛哈酒店，他们见人就扫射，随处投掷手榴弹。几乎与此同时，奥贝罗伊酒店、犹太人聚居的纳里曼大楼、一个大市场以及交通最繁忙的 CST 火车站等 9 个地方也遭到恐怖分子的袭击。当地人普遍认为，这是孟买有史以来最恐怖的一夜。印度媒体援引孟买灾难管理机构的统计数字报道说，恐怖袭击从 2008 年 11 月 26 日 21 点 30 分开始，至 29 日 10 点结束，长达近 60 个小时，造成 195 人死亡，另有 295 人受伤，死者主要是印度人，包括至少 22 名外国旅客。

艘小艇，从卡费广场附近登陆，一部分人来到阿波罗码头，持枪闯入大厅。为杜绝此类事件再次发生，现在所有进入酒店的人员随身携带的物品必须通过 X 光检测，手机要放在一个棺材状的小盘中经过检查才能通过安检。我将母亲和妻子的简欧牌鞋子送入 X 光安检仪，其实在某种程度上说，鞋子属于妈妈和妻子，也属于泰姬陵。我心里默念着："从哪里来，回哪里去，让他们谴责你充满危险。"

　　进入大门，大堂中心有沙发围成一圈，布置成觐见宫的样式，可供游客体验加冕仪式。这里曾是泰姬玛哈酒店新建翼楼的轴心通道，沙发摆放与现在的略有不同，现在的更稀疏些，之前的陈设有些可能已被毁坏了。但对老游客来说，这种改变几乎微不可察；新游客眼中的泰姬玛哈酒店大厅，异常繁忙，仿佛浴火重生后的凤凰。我前往那烂陀书店，看看那里是否有《不朽》出售。这简直就是自讨苦吃，书店早已今非昔比，店里对我的书本介绍也是七拼八凑的。那烂陀书店是我孟买之行的必备去处，一年一次，或两年一次。有时我也会直接打电话问店员："我的书安排在贵店的哪个位置？"如果我当时在书店，看到书架上随意放着一两本自己的作品，我还会问："我其他

的书呢？"我如此迫切地想争取自己的权益，是因为我年少的
时候就已经在这儿买书了。不仅仅来买书，更是为了邂逅闻所
未闻的诗人，特朗斯特罗姆①、曼德尔施塔姆②、佩索阿③。
讽刺的是，五星级酒店接待的这些捉摸不定的大人物，无论是
和书店，还是和我，都毫无瓜葛。有一次，女演员莎米拉·泰
戈尔（个子比我预料的要娇小）就站在我身旁，捧着一本费伯
出版社的《当代小说集》翻看，从她身上散发的微妙抗拒感，
可以看出她是在假装阅读。现在那烂陀在售的诗集很少，也许
能碰上帕尔格雷夫出版公司出版的诗集，泰戈尔的诗，卡皮
尔·西巴尔④的诗。要是足够幸运，或许会碰到伊姆蒂亚兹·达

---

① 特朗斯特罗姆（Tranströmer，1931 - 2015）：瑞典著名诗人，被誉为"20 世
　　纪最后一位诗歌巨匠"。2011 年诺贝尔文学奖获得者。著有《十七首诗》《途
　　中的秘密》《完成一半的天堂》《钟声与辙迹》《悲哀的威尼斯平底船》等诗集。

② 曼德尔施塔姆（Mandelstam，1891 - 1938）： 苏联时期著名诗人，著有《石
　　头》《哀歌》《诗选》等诗集。

③ 佩索阿（Pessoa，1888 - 1935）：葡萄牙诗人、作家，葡萄牙后期象征主义
　　的代表人物。著有《守羊》《使命》《英文诗集》等作品。

④ 卡皮尔·西巴尔（Kapil Sibal，1948 - ）：曾任印度电信部部长、人力资源开
　　发部部长以及司法部部长，也是一位诗人。

尔喀尔[1] 的《上帝寄来的明信片》。

对于我的问题，店员给出了万能的答复："刚刚卖完，我们已经向经销商预订了，但是他们不供货了。"倘若我继续追问出版社的代表是哪位（存在感太低，几乎等于不存在），他也会一脸无辜茫然，摇头承认不知情（我不知道他是否真的在摇头，因为我们在通电话，不过，感觉他是在摇头）："那烂陀书店现在入不敷出，先生。我们面临长期积压的信贷问题。在清除赤字之前，出版社暂停向我们供货。"我怀疑地说："这太可怕了，贾纳德汗。泰姬玛哈酒店可是重要的门面，不是吗？"

"我同意，先生，"他淡淡地回答，"我会尽力做得更好。""他们知道我在《不朽》中写到泰姬玛哈酒店和那烂陀吗？"我问道，仿佛说明这一点，对于我、泰姬玛哈酒店、那烂陀的计划和我的出版商，能改变一切似的。"你写过泰姬玛哈酒店，先生？""是的。"他停顿了一会儿，说道："我想他们还不知道，先生。他们应该知道。"

---

[1] 伊姆蒂亚兹·达尔喀尔（Imtiaz Dharker，1954 - ）：英国剑桥大学诗歌研究员，苏格兰诗人，艺术家，纪录片电影制作人，曾获英国女王诗歌金奖。

那烂陀的《不朽》已断货，店员说的。他上个月下的订单，至今毫无进展。要么他在说谎，要么书店真的入不敷出，要不然就是经销商在演戏，在遥远道路的一端，我的书还躺在仓库里。但是，从波洛克来的那个经销商不会是冒充的吧？如果波洛克方面没有派人过来，那就是有其他地方的人从中作梗，在作家和作品之间捣乱。史蒂维·史密斯说得对："我们需要从波洛克来的自己人。"我的心里有一个声音在说："不是别人，就是你！想个办法吧！"这时，我像往常一样，否决了这个想法。我发现这不公平。泰姬玛哈酒店可以在《不朽》中找到，但在泰姬玛哈酒店中却找不到《不朽》。我拿起了一本《旅行时光》，因为我喜欢看自己熟悉城市的旅行指南。

我走出书店，进入酒店大厅，然后走向礼宾处，右转步入长长的走廊。出于很明显的原因，侧门小巷和后街的入口均已关闭。我感到些许遗憾。我想知道，在恐怖袭击的恐惧和责任负担随着风波消散后，这些入口是否会再次打开？走廊上行经的每家餐厅，我都会给出自己的历史标记："这是海港酒吧，之前我还真没意识到它的存在，直到斯特兰德书店的桑巴格在1993年带我和妻子去了那里，那次我们吃了麻辣龙虾"；"这

是金龙餐厅（现在外观变了），我第一次用筷子就是在这里，
但从来都没学会过。有几个人就是在这里遇害的。"20世纪
80年代初，我在这里第一次遇见作家莎芭·德。不久之后，
她把名字改成了萨布哈，嫁给了很崇敬我父亲的一个人。我
们同住在一栋楼里，两家来往密切，经常互请吃饭。我最后
一次到金龙餐厅是20世纪90年代，我婚后有一次从牛津回来，
那时父母住在加尔各答，但我们恰好在孟买相遇，父亲想带我
们叙叙旧，尽管我感到这里价位太高，他或许负担不起。餐馆
的老板一定还记得温文尔雅的父亲是一家大公司的CEO（尽
管这早已成为过去），晚餐结束时，竟然分文未取。想到这一
点，十五年前的欣喜之情依然油然而生：父亲高尚出众，赢得
了他人的爱戴，我为之感到欣喜；即使在孟买这样健忘的城市，
依然有人铭记尊严的价值，我为之感到欣喜；即使父亲已经远
走他乡，退休歇业，丧失一切，即使父亲因为印巴分治而放弃
了过去的一切，他也应该得到爱戴与认可，我为之感到欣喜；
惭愧的是，我们一直过着丰衣足食的生活。贫者越贫，富者越
富。这是无可争辩的事实，但愧疚是个幽灵，无根无据的幽灵，
我希望愧疚感能永远消失。

　　像往常一样，我在相片栏前停了下来。我不是爱追逐名士的人，却总被相片栏吸引。相片将流动的时空回放倒转、验证确认，连接过去和未来。恐怖袭击对相片来说，不过眨眼一瞬。其实相片所见证的还远不止恐怖袭击，还有各种社会名流，比尔·克林顿、约翰·列侬、V.S.奈保尔、尼赫鲁的相片。甚至有一张萨布哈的巨幅照片，埃及艳后般坐在一张桑克达椅子上。他们才是真正幸存下来的人，命运无常，人情冷暖，他们了然于心，仍与我们共同进退。我总是莫名觉得会看到希区柯克的照片，但他从没来过印度，不是吗？不过我稍后便忘记了他不在这个展览上，他的照片在走廊的黑白摄影展上。

　　我继续前行，迎面走来了两位女士，国籍不明，可能是拉丁美洲人，她们后面跟着一个中年的欧洲人，穿着无袖上衣和裙子。前来参观的外国游客还真不少。我站在旧楼的前厅，右边是一个游泳池。落日的余晖映照在池水里。我想起了拉姆。很久以前，我和父母到这一带赴宴，从酒店出来，我飞快地跑到人行道上（现在这条路被护栏封住了，没有行人），看到拉姆坐在拱门下的台阶上，那里过去是个药店。当时我已经有一年没见到他了，那段时间，我很少去学校，我不知道他也是。

一年分离没带来多少隔阂。那段时间，朋友各奔东西，纷纷离
我而去。学生时期的伙伴就像亲戚，虽然的确是成长过程中的
一部分，但意义终究不大。在台阶上看到拉姆那年，班上有几
个同学去了美国。接下来的几年里，又有同学陆续去了沃顿商
学院、卡内基梅隆大学和麻省理工学院，简直就像战乱时期
以色列人逃离埃及的感觉。"嘿，最近怎么样啊？在这儿干吗
呢？"我问拉姆。"没干什么。"他支支吾吾的，让我觉得挺
有意思，我猜他那时已经开始吸大麻，"别问了。""我爸妈就
在我身后呢！""哎呀，见鬼。"他骂了一句，连忙抬头看向
上方的拱门。"是拉姆吗？"我母亲叫他，她的莎丽裙和宝石
在暮色中闪着微光，"你近来好吗？"拉姆不情愿地站了起来：
"还行，阿姨。"我父亲问他："最近很忙吗？"

　　还有一次，我想是在 1986 年，我从伦敦大学学院毕业，
准备回牛津继续学习的间隙，回印度待了几个月，又见到了拉
姆。他打算去泰姬玛哈酒店当保安。那时，他已经吸毒六七年，
虽算不上无可救药，却也无法过上正常人的生活。他对"正常
生活"的向往是突发性的，但这种渴望很快就会默默消失。我

觉得，他想当保安有很多原因。首先，他认为自己看上去就是
这样的人；再者，这份工作的吸引力主要在于不用费太大力气
就能胜任，只需要摆出帅气的站姿，双目平视前方就好。况且，
他自己还认识别处的一个保安，因此才有了这个想法。但他不
知道该去联系谁，到哪儿应聘这份工作。这个想法总归代表着
一种可能性。

　　我来到嘉兹达珠宝店，店里有花卉图案的黄金手镯，还
有蜂房造型的小巧耳环，各种珠宝精工细作，琳琅满目。对于
金银首饰，我既无品位也无眼光。一年前，我到这里给母亲更
换一条幸运项链①（这次是为她换鞋），项链上的一颗颗珠子
既像黑色孜然籽，又像鱼子。母亲戴了三十年的项链，为什么
要换掉呢？我一点儿也不明白，或许是年纪大了，式样不再适
合佩戴，或者一时心血来潮。但母亲可一点儿也不糊涂，这般

----

① 幸运项链（mangalsutra）：印度宗教妇女戴的一种项链，用以庇佑婚姻美满。
项链由黄金及钻石制成中心装饰物，黑色串珠制成链。在印度人眼中十分神圣，
能够让新人远离邪恶，象征着新人的结合与忠诚。

突发奇想一定与年纪无关。柜台售货员，正是上次来时见过的，
表示还记得我母亲。他看起来很面熟，我一定在哪儿见过他。
我问他是不是老板嘉兹达先生，他解释说，自己只是这儿的老
员工，但很小就跟着家人做工艺品买卖，因此很了解珠宝的市
场行情，对哪些是珍品了然于心。他略带"妻管严"的神气，
对顾客的妻子们特别有耐心，因为他深知她们大权在握。嘉兹
达珠宝店的顾客不是很多，因为这里的珠宝比较昂贵，我能买
得起的也没几件。不过上次来换幸运项链的时候，我看到一串
巴士拉珍珠项链，那柔和脆弱的珠光勾起了我的旧日思绪，我
想买下来送给妻子，作为结婚纪念物。

　　那三四天里，嘉兹达珠宝店是如何躲过一劫的？说不通
呀。我也没详细询问这位老员工。他只告诉我，那晚幸好他很
早就关门了，否则也会遇上麻烦。

　　真奇怪，我心中暗想。不由得回想起母亲详细描述的在
锡尔赫特的日子，她描述得那么生动，所以我从未想过她的童
年也许并不快乐。因为就连小时候的穷日子，也被她描述得五
光十色。有时，悲伤的故事也说得十足有趣，只有一两次令我
真正体会到了其中的艰辛。还记得当时母亲云淡风轻地说："我

始终不相信自己只有这样的命（这样既指她在锡尔赫特渡过的穷苦童年，也指她的父亲去世后家道中落的处境）。"事实的确如此。成年后，她大部分时光都在孟买度过，在泰姬玛哈酒店也生活过一段时间。占星家曾经预言"未来的生活会超出你的想象"，现在看来的确如此。她告诉我，那时从没想过预言会成真。但在那之后，她的生活渐渐和预言重合。我的预知内容很相似，但是方向却恰好相反。所以我在前往简欧鞋店的路上，会有超脱默然，不甚真实的感觉。我早就知道，这不是我的命——马拉巴山、卡费广场和泰姬玛哈酒店"这些大街小巷从来都不属于我"。总有一天，我会背井离乡，远走高飞。

"这些大街小巷从来都不属于我。"某种程度上，也不属于我父母。事实上，他们生活在马拉巴山，执掌一切家庭事务，我喜欢他们仁慈的统治。在这里，我从未完全拥有自己的时间。父亲退休后，孟买的生活开始松动瓦解，有趣的是，他们并未试图挽回。就好像他们早已经习惯了辗转迁移。他们也曾辗转去过不同地方，印巴分治时迁移，然后又到伦敦，又从伦敦去往别的地方。每当离别来临，他们总是知道如何面对。不是计划要离开孟买，而是在某种程度上，时刻做好离开的准

备。而且坦然自若地开始摒弃身边的财物。不管怎样，母亲总
是喜欢把东西送出去，从记事起，我就发现母亲有这样一个惊
人的癖好，而这个癖好总是吓到我。她是个拿得起放得下的爽
快人，她把家具送给音乐老师，把首饰和莎丽裙送给亲戚。在
我们离开前，她还把一些家具给了拉姆，说是去售卖，但从未
卖出过，最后全部都装点了拉姆的屋子。在孟买的最后几年，
母亲不得不变卖一部分珠宝首饰来补贴家用。父亲退休后家里
的存款渐渐用光了，他的退休金在缴税后剩下不多，还要负担
我在伦敦的留学费用，而且那时候家里还借钱买了一间养老公
寓。1986年，从伦敦大学学院毕业后，我准备去牛津继续学习，
那段日子，我们搬到班德拉的一间小公寓里。后来我得了黄疸，
住进纳瓦蒂医院（虽然我一直很小心，只喝开水）。我住在旧
楼的一间"豪华"病房里，环境很糟糕。早上五点，护士来叫
醒我，更换挂瓶的盐水，我看到一只大蟑螂从地板上爬过。那
天下午，父母就把我转到新楼的一间顶级豪华病房。怎么办到
的呢？原来母亲卖掉了一对钻石耳环。他们看上去很欣慰，舒
了口气。此时在父亲看来，母亲的部分珠宝就像强力债券，必
要时可以用来兑现。我记得陪父母去过两次扎韦里集市——因

为银行存款又快没了，集市闷热拥挤，错综复杂，简直像个迷宫。我觉得母亲失去戒指吊坠会伤心，总是想赎回一些东西还给她，但从没做到过。我还想把那对钻石耳环给买回来。每次去扎韦里集市都不会让人伤心绝望，反而充满惊喜和期待。父母总是应接不暇又心满意足。

我想，我们当时之所以心情高涨，跟孟买这座城市不无关系。孟买活力四射，感染了我们。买卖，有买才有卖，两者总是相通的。我在其他地方还从未感受到这样欢欣鼓舞的氛围。

拉姆那个傻瓜，在我们意识到即将离开孟买的那三年里，经常来找我玩。我喜欢这样亲昵地称呼他，因为他似乎对我家的小小变故毫无察觉，只沉浸在自己的变故中。但他一点儿也不傻。我俩在印度门和无线俱乐部之间来回散步、聊天，直到夜幕降临，海面变得一片漆黑。1986 年，我从伦敦回来，和父母在圣西里尔路的公寓住了一年。这一年，我们经常商量是否有可能卖掉这间公寓，这是我们在这儿最后的落脚点。每隔一天，我就会乘短途列车到教堂门，在儿时长大的街头漫步，再去学校转转，但我父母不会再回这儿了。一天，我在闲逛时碰到了

拉姆，他一下子把吸毒的事告诉了我。"我完蛋了。"他说。我
们重修旧好，我们在学校里既不疏远，也不亲密，在一起虽然
快乐，但也不乏争吵。那时，他经常叫我"大诗人"，既是挖
苦，也是恭维。他这么说，不是因为读过我的诗，只是讽刺我
不做体育运动，成天戴着眼镜，还留长发，看起来呆头呆脑的。
1986 年的那次偶遇，让我俩消除了一切隔阂。他猜到那段时间
我会回来，我相信他的话。在泰姬玛哈酒店附近散步时，我对
他说："其实你很聪明。"他仔细打量我，想知道我是不是在嘲
笑他。"我知道啊，"他说，"我不傻。但偏偏总是傻子会成功。"
我点头（那时我也很年轻）。说到"聪明"，其实我是指它的
反义词，现在少有人用到——肤浅。他经常感到迷茫、感到抗拒，
一直如此。有时，这种抗拒是在取巧、是在逃避。他的问题在
于厌倦，迫切渴望逃避一切让他厌倦的事物。

　　在孟买度过的最后几天，是我最开心的日子。不是因为我
知道那是最后的时光，我一点儿也不知道，我们谁都不知道。
但搬到班德拉之后，似乎有一种前兆，预示生活最终会发生意
想不到的变化。很快，这突如其来的变化就来了。父母在小公

寓安顿下来，这是他们在这个城市拥有的第一个地产。班德拉
和我们从前熟知的一切都大不一样。教堂，街区里残余的果阿
人风俗，低矮甚至废弃的小屋，看上去就像父亲被流放到此似的。

　　我忙着处理离开孟买的事务，忽略了自己已然离开的事
实。我那时在英国，1986 年，我休假一年待在班德拉，之后
又回到英国。但无论在精神上，还是情感上，我都依然滞留在
印度，和父母在一起；心理上，也陪他们一起适应新环境。对
我来说，搬到英国居住的意义没有搬到圣西里尔路那么重要。
我偶尔会回过神，发现自己身在牛津。但是我很少注意到这一
点。我的心还在班德拉，总想着一家人正打算离开。

　　拉姆那时正在毒瘾里沉浮挣扎，而我，则来回奔波于英
国和印度，思考着未来。他曾经有半年不沾毒品，但后来又重
蹈覆辙。在电话里，他告诉我已经"彻底好了"，两天后，他
嘀咕着说又"不行"了。从那次起，每当他说"彻底好了"，
我都会惴惴不安，因为他在状态良好时，语气听起来百无聊赖，
已经厌倦了生活的常态。那句真诚的"彻底好了"本身就是再
次逾矩的表示。总之，就连在电话里提一句普通的问候"最近

好吗", 都成了一个别有用心的问题, 仿佛是在调查审讯。但没办法, 毕竟那是句绕不开的日常用语。

父母刚搬到圣西里尔路, 我们就开始商量, 要不要卖掉这间公寓搬到加尔各答去。起初只是开玩笑, 但这确实能减轻父亲逐年增加的债务负担。当时讨论这些很轻松, 因为压根儿没想到会真的下这样的决定, 也因为我们没把孟买当成真正的"家"。虽然我在这里长大, 但我的心从不属于这里。因为我们是孟加拉人, 不会扎根孟买。但我低估了自己对孟买的依恋。我这样说, 是因为后来我们经常深深怀念孟买。的确如此, 我珍惜在班德拉度过的每一天。从牛津回来后, 在那间小公寓里度过的每一天都很有意义, 我知道自己必须回牛津, 但就是不想回。班德拉总是萦绕在我心间——班德拉的流浪狗、漫长的午后、低矮的房屋, 都让我感到亲切可人, 而马拉巴山和卡费广场从未带给我这样的感觉。我们住在三楼, 夏季凤凰木花开时, 放眼望去, 一片火红花海尽收眼底。再次打点行囊之前, 我在班德拉度过的每一天都弥足珍贵, 有时拉姆来我家玩, 一住就是一两天, 有时候还要待上三天(让我很不耐烦)。我们家都可以忽略掉遭遇的变故苦难, 为什么拉姆就不可以呢?

第八章

　　我拎着布袋，跨上台阶，来到玻璃门前。两边的门把手连成一个马蹄形，这是简欧鞋店的徽标，设计简约活泼，由人称"印度毕加索"的M.F.侯赛因设计。多么美好的旧日时光！店内还有一幅侯赛因专为该店创作的画，描绘了一匹神采飞扬的骏马。为什么一家鞋店会以一匹腾空而跃的骏马作为象征？我有些不解。难道穿了这里的鞋子能让我们变成飞毛腿？还是要把鞋子像马掌一样钉进脚里？原来那个时候，侯赛因很少穿鞋，总是光脚在孟买的大街小巷漫步。我在读书时，听到侯赛因的一个轶事，他因为光脚被威灵顿俱乐部拒之门外。自命不凡的人终于遇到傲慢跋扈的规定，他也是活该。后来，还有人看见他单脚跳过炽热的碎石路面。我走进店里，看到那幅骏马图就挂在左边。侯赛因如今应该九十多岁了，九十三四岁吧。
当然，他遭到非正式流放，不能在印度居住了。不过，为什么
不把那匹马挂在原来的位置呢？毕竟艺术家就是艺术家。

　　"先生，您好。"店员问道——我记不起他的名字，"来
换货吗？"

　　他笑着又问："您什么时候回来的？"

　　"今天早上刚到。"

　　他轻轻摇晃脑袋表示认同："令堂还好吗？"

　　"她最近还不错。"在孟买，人们在交谈时，会习惯性
地变换语气，使自己的讲话方式跟对方很接近。希望自己说起
话来，依然像当年那个十一二岁的少年，仿佛一切如旧。

　　"她刚打电话过来。"他微笑着说。

　　一位身穿淡绿色莎丽裙的女士正在试鞋，她抬起头来，
直率地盯着我，露出富人特有的眼神，傲慢优越。

　　"是吗？"

　　"就在刚才。她问您到了没有。还说明了她自己和您妻
子的要求。"

　　莎丽裙女士似乎很满意，也许鞋子很合脚。这里四处都

有镜子，方便顾客试鞋。

这里的信号不太好，我只能默默地走到外面打电话。后门离我不远，看起来气派非凡，不过却被牢牢锁着。

"你想要什么颜色？"我问妻子。

"让他们把所有的绑带凉鞋都拿出来吧，"她嘱咐道，有些犹豫不决，"看看米黄色的怎么样，黑色也行，不，我已经有双黑的了。看看白的吧。干脆你来决定吧？算了，别。"

她怪我母亲让她爱上了简欧鞋，结婚前她根本不知道这家店，现在她也几乎不穿别的鞋了。我们在牛津相遇，孟买对于我已成历史：刚刚成为历史，但终究已经过去。我向她讲述过去的各种琐碎经历，一边心里带着惭愧，一边狡猾地向她吹嘘，我是如何把握机会，轻松地远走他乡的，简直不费吹灰之力，这是多么的不可思议。

电话打完后，我走回店里。店里经典款的鞋子有黑、白、金色和米黄四种颜色，还有洋红色的高跟款。母亲对绑带鞋情有独钟，但穿不了高跟鞋，因为她的脚以前骨折过。我妻子也不喜欢高跟鞋和过于艳丽的款式。我拿起一双水晶拖鞋，猜想她是否会喜欢。经典款通常不会有显著变化，而会随着时间沉淀下来。随着无用的装饰被时间剔除，鞋子的款式越来越简约，变得少而精。

穆纳出现了，他手里拿着电话，站在收银台后，显得忙而不乱。我老记得他是穆斯林，为何总记着这一点？他心不在焉地对我招了招手。我们之间相互非常信任。他是沃赫拉人吗？孟买有许多沃赫拉人，个个都很富裕。

"您好，您好，"他既惊讶又喜悦地向我打招呼，"最近还好吗？"

"好久不见啦，"我拍了拍他的肩膀，"一年前我过来出差，就待了几天。"他点点头。"那时候，我的新书刚出版，没时间到这儿来。"

"您的太太当时还买了几双绑带凉鞋，对吗？"他的记性真好。

"这次她没跟您一起来吗？"他眯起眼睛，问道。

我摇头："没有，不过她交代给我任务，让我带鞋回去。"

"好的，好的，"他将将胡须，笑着说，"新书叫什么名字？我一定在晚报上见过，也许是在《泰晤士报》上见到过。"

"《不朽》。"

"对啦！"他叫了一声，看了看卡片机里卡住半截的纸带。"书里写的是什么？"他的语气就像刚才的问候一样亲切自然。

我想到一种简单的方式勾起他的兴趣。

"知道吗，我在书里提到了你的简欧鞋店。"

"不是吧！"他嚷道，但注意力还在卡住的纸带上。

"小说里有个年轻人，"我继续说，"家财万贯，却总把自己装扮成穷鬼，穿着破牛仔裤和烂衬衫，"我笑着看向他，"脚上总是趿着一双简欧凉鞋。"

"哈！"他大笑，琢磨着这些行为特征是什么意思，"是什么呀？小说吗？在哪儿能看到这书？"

真是个好问题，我想。我漫不经心地答道："去书店找找看吧！"

现在根本没有人确知什么是小说，小说已经变成一个前所未有的万金油词汇。人们总是相互抛出这个问题，有时候还把问题抛回去。十年来，每次被人问起职业，我总会回答："写小说的。"偶尔会有人问："是虚构的吗？"有人告诉我，现在"小说"和"书"已经混为一谈了——小说不再被看作文字的一种形式，而是指文字本身。

他摇松了纸卷，对我说："我得弄一本看看。"

告诉穆纳《不朽》中写过简欧，不仅是为激起他的回应，或者让他感到荣幸。人们批评我的小说总是照搬生活，过于直接。从这本书中，我希望他们能看到似曾相识的自己，那才是最有趣的部分。

"很高兴，现在店里看起来一切都很好！"2008 年 11 月以后，我仅回来过孟买一次，"我在英国看到电视上的新闻，简直不敢相信。太可怕了，那是怎么回事？"

"我的天哪！"穆纳的笑容消失了，"那晚，我们要去参加婚礼，很早就打烊了。以往八点才关门。"他眼睛没动，指了指右边说，"那些人就是从那儿进来的。"

他还在忙手里的活儿。

"我母亲的凉鞋换好了吗？"

"他去库房拿了。"

我俩竭力向库房张望，地下室像僧寮一样狭小，里面藏满了鞋子。

穿过走廊，右转就是楼梯，上面铺着富丽辉煌的红色地毯。

每一级台阶都宽绰大气，可以在上面大步流星地前行。尽管有电梯，但放着宽敞的楼梯不走，倒愿意待在那铁盒子里的人，脑子一定不太对头。

记得楼梯尽头，往左是通往海洋休闲吧的旧大门，但已经关闭。一楼新的入口在右边，休闲吧刚刚彻底修复，最近才重新营业。一进去，便感受到浓烈的彩排氛围：钢琴上摆着《昨日重现》的乐谱；宽大的沙发从中间到两边全挤满了人。我想要一个靠窗的座位，发现只有情侣坐在那里，深深地沉浸在自己的世界里，他们的身影映衬着光线，凝成一幅幅剪影。我在中间窗户旁发现一个空位。

一位身穿白色套装、绑着棕色围裙的高个子服务生带我来到那张桌子前，静静地记下我的餐点：一杯大吉岭茶、一碟曲奇。我不爱喝大吉岭，点它只是为了打发时间。晚餐时间快到了，我也不想花五百卢比点一份炒米沙拉。我注意到，这里的制服还是老样子，服务员却都换了新面孔。70 年代，我们是这家酒吧的常客：每逢周六不用早起，父母都会来到这里，选一个靠窗的位置，点上一份辣椒芝士烤面包和茶，和其他习惯一样雷打不动。这里提供各色神秘菜肴：鸡肉或蘑菇馅儿饼，火山岩状的饼下面藏着绵软的奶油；斯堪的纳维亚式开口三明治（叫它开口三明治，是因为馅儿露在外面，没有被夹着，真是天马行空的创意）；还有洁白的瓷盘中盛着满满的炒米沙拉。母亲坚决不让我们吃街边摊上的食物，以免得黄疸。但在这儿，有了过硬的卫生保障，她对炒米沙拉的偏爱就更明显了。钢琴师弹起了乐曲，我一边向右边的窗外凝望，一边跟着哼唱，嘴里还断断续续地重温着歌词："那真是幸福的时光，就在不久以前……每一个沙啦啦……依然闪亮……"

洗手间较远，须穿过整条走廊，一直走到头。我站起身，暂时离开桌子，把简欧鞋留在座椅上。

走之前，我偷听了一下钢琴师的动静。他极其严肃，一直沉默无语，瞟了我一眼后，继续弹着琴，看上去——听起来都像在打字，一板一眼，笨拙沉重。

我出门左转，穿过剧院包厢似的走廊，再左转，右边便是水晶屋。我有点儿好奇，向内张望了一下，发现里面还在施工。一楼的这一侧大部分是空的，空空荡荡的闲置空间，想必在我出生之前，是用来举行庆祝活动的，我依稀记得这里的圣

诞午宴、婚礼和莎丽裙博览会。我继续往前走，通往洗手间的
走廊还真长。

　　走到尽头，酒店另一头的景象截然不同，仿佛令人置身
于另一个城市。我无意中看到眼前这幅纸醉金迷的场景：两位
长相英俊、身穿制服的小伙子，应该是这家酒店的员工，站在
一旁，看着眼前服饰华丽、喧嚣嘈杂的人群——这群人身穿班
达尼莎丽裙，戴着头巾。他们也许是婚礼的宾客（穷亲戚们），
或是到某家餐厅表演的乐师或艺人的家属。他们嘴里叫嚷的是
哪里的方言？我进了卫生间，被里面一丝不苟的精美装饰震住
了，雕花的石质洗手盆，装着古董配件的水龙头。从洗手间出
来后，外面的人群已经基本散去——他们只在这里聚集片刻时
间。只见一个穿制服的人渐行渐远。

　　人群散去，这里又恢复了往日的安静。这里有许多客房。
一切都悄然静寂。无人打扰。当然会有人朝这栋楼走来，当时
那场猫捉老鼠的游戏持续了四天。人们在工作人员的带领下，
奔逃、躲藏，趁着黑夜暗暗转移，甚至有人死去。

　　闭路电视播放着这样的镜头：持枪的男子，专注地盯守

着；顾客和员工们在夜间悄悄转移。所有人都被困在了这里，围着这栋楼打转。闭路视频照明不足，把泰姬玛哈酒店拍得阴惨惨的，和泰姬陵遥相呼应，名副其实——在无法拍照的地方，人们蜷着身子，围困在这座大理石堆砌的坟墓里，被灰败阴暗、旷日持久的哀痛所围绕。没有穆姆塔兹·玛哈尔和沙贾汗陵寝内部情形的记录，闭路视频也不可能有记录。

水晶屋还要多久才能建好呢？他们此时此刻肯定在工作，但我右转一路走来，却听不到一丝声音，没有敲打声，也没有电钻声。回到酒吧，这里修复得很好，与其说复制了被摧毁的房间，不如说替换了被摧毁的房间。他们尽量将脱落的物体、倾倒的大厦动态回放，让瓦砾残骸一个个回归原位，直至形成一个整体，最终，把过去和现在完美地衔接起来。就像我们习惯的科技画面一样，我们知道这一切都是幻觉——那些碎片都被处理到了别处，只是电影在回放罢了。这就是本雅明将保罗·克利的《新天使》（画上的天使似乎正要离开他所倾心注视的事物）称为"历史天使"的原因吗？"他的脸朝向过去，"他说，"在我们认为是一连串事件的地方，他看到的是一场单一的灾难。灾难令残骸越堆越高，最后蔓延到他的脚下。天使想留下来唤醒死者，把破碎的世界修补完整。可是从天堂吹来了一阵风暴，猛烈地困住天使的翅膀，令其再也无法收拢。风暴的力量把天使刮向自己所抗拒的未来，而他面前的残垣断壁却越堆越高，直逼天际。"我看到泰姬玛哈酒店后，感觉就像亲历了这场风暴一样，就像新天使，虽然抗拒未来，但依然被紧逼的风暴裹挟着前进。我看向四周，海洋休闲吧淡定悄然地恢复了原貌，种种改进无不低调内敛，令人难以察觉——但我面对的依然是残骸。

"需要我帮您把茶沏上吗？先生。"

他总会替我倒上的。他站得笔直，倒茶的姿势有点僵硬，茶从壶中涓涓流出。盘中有三块浅褐色的曲奇，我拿起一块放入口中，松脆酥软，入口即化。

这个时候约上拉姆是再好不过的了。我向窗外看去，他家离这儿不远。我不相信拉姆会接受这种单独监禁的管制，但也许没有其他治疗方式了。我通常没有什么想聊天的需求，但不聊天，没有其他事做，也会让我局促不安；我们会聊些幼稚愚

蠢的话题，就像重新回到学生时代。我们俩在一起时，似乎从
未长大，永远都是无忧无虑的少年。我一向讨厌上学，拉姆则
是又爱又恨。他说，他最好的时光就是在学校度过的，但他讨
厌学校过分推崇运动锻炼——不是因为像我一样不擅长运动，
恰恰是因为他太擅长了。学校舍监想充分利用他运动方面的潜
力，他拒绝了，这让校方很失望，从此再没原谅他。而且，这
是所贵族学校。他曾经问我，为什么他的父亲，一个做小买卖
的中产阶级，要把他送到这所全是富家子弟的学校读书？学校
可是专为塔塔、杜巴什集团和金沃拉世家这些有钱人开设的，
来上学的都是公司老总、政府官员、电影明星的子女。拉姆真
是一针见血。

    我向站在旧出口附近的服务生挥手示意。

    "买单，谢谢。"

    "好的，先生。"

我对他说："这里看起来真不错。"他自豪地点头。

    "但员工好像都换了。"我向他吐露。

    "是的，先生。"他疑惑地缓缓点头，"大部分都是新招的。"

"那老员工去哪儿了？"

"有的走了，"他犹豫了一会儿说道，"有的去世了。"

"去世了？"

"是的，先生。"他仔细打量我，顿了顿，脸上带着歉意。

"我知道了。是因为——"一阵沉默后，我问，"你在这里工作很久了吧，我以前也见过你。"

"三十年了。"他解释道，"我那天不在这儿。"

我准备离开时，他正站在马卡龙柜台边上。

"先生。"他说。

我停住了。

"我也觉得以前见过您。"

我点了点头，没说话。那位钢琴师正弹奏曲子。

他腼腆地继续问道："您在高级法院工作吗？"

我摇摇头："多年前，我父亲经常来这儿。"

他面露难色，似乎在努力回忆什么——突然，他睁大眼睛，问道："乔杜里先生？"

我不敢相信自己的耳朵，就像撞见了幽灵。这是我们在这里留下的唯一痕迹了。

"是的，是我父亲。"

"都是好人，"这迟来的肯定让他感到意外，"先生和太太都是。"

*

我穿过马路，对面就是象岛。

这里与世界隔海相望。至少，歌里是这么唱的："印度之门，印度之魂立于东方，面向西方。"我们经常在集会上唱这首歌，但并不理解其中深义。当时持枪的歹徒乘着小艇分别从两个地点登陆，这座城市被大海包围，无法避免，无所适从。

右边不远处，无线俱乐部灯火通明，正举行一场婚礼。我慢慢朝那边走去。

这片地区承载着我的过去，也记录了父亲的一生。直到十五岁那年，这里才对我敞开了它的秘密。一天放学后，我和朋友詹努去了泰姬玛哈酒店，在露台咖啡厅点了一杯冰咖啡。买单时，才发现没带钱。我坐在那儿，被四周的服务员死死盯住，詹努去找阿伦借钱，阿伦家就住在这条路上的海港局公寓。他简直像去了一个世纪才回来。我十九岁时，还没去英国留学之前，经常一个人在海边坐着，期待着爱情或艳遇，然而无一降临。1985 年，我又见到拉姆时，才意识到阿波罗码头就在他家附近。码头处处都是地标建筑，让他迷茫生疑，却也滋养了他，正如广受赞誉的倍得绵烤羊肉串。然而，这里毒害了他：毒贩遍地都是。连接之前的南京饭店的拱廊，就是瘾君子窝藏隐匿的地方。埃尔芬斯通学院对面，尤其在威尔士王子博物馆前方一带，是毒品全天交易的场所，很明显，这里的毒品质量低劣。与阿波罗码头平行的戈拉巴堤岸上，距离电力大楼不远处，有一座小教堂，匿名戒毒组织每天都会在这里聚会，拉姆曾嘲笑说：只有傻瓜才会参加那种聚会。这里滋养了拉姆，却也毁灭了拉姆。他经常向我抱怨，自己是多么想离开戈拉巴这个鬼地方，却又走不掉。他还能去哪儿呢？

　　因此，从某种意义上说，他被"解救"或"流放"到阿里巴格"囚禁"起来，其实是件好事。也许再见面时，我又能听到他夸夸其谈了。我本可以现在就走去他家，请他参加明天的读书会，我经常邀请他的。可惜他不在这儿了。最后一次跟他聊天是在 2008 年年底，那时，整座城市都是恐怖分子（"恐怖分子"这个术语，被用得太滥，完全失去了原意。现在似乎可以指代任何人）和突击队的身影。许多事件的发生地都离他家很近。"今年真是疯了！"他说，"整座城市都静悄悄的，邻居告诉我，泰姬玛哈酒店直冒浓烟。警——警察把那些冲到海滨大道的人都给赶了回去！"

　　从那以后，我们再没说过话。今年三月，我给他打电话，是他姐姐接的："阿米特，拉姆在阿里巴格的一家戒毒所。每月只能跟直系亲属通一次电话。是的，他还好，他说过一两年就能出来了。是的，一两年。谢谢你打电话来，阿米特。你父母还好吧？其他家人呢？回孟买了来我们家玩儿，好吗？上帝保佑，为他祈祷吧，他会好起来的。"拉姆的母亲是罗马天主教徒。全家人用蹩脚地表达信念进行自我催眠，就像他们在匿名戒毒组织的集会上做的一样。想起来了，我曾去过一两次，那种感觉和拉姆参加我的读书会是一样的。

　　在完成或出版一部作品前，我会让拉姆陪着我参加活动，就像 20 世纪 80 年代末，只要我在孟买，就会陪他参加匿名戒毒组织的集会一样。在会上，你会听到有人抨击诟病侵吞生

命的毒品，会结识新朋友，也会被人误会，指责你去那里是虚
伪做作。我记得，在马希姆的一所学校一楼举行的集会上，有
一位看起来颇有文化的先生（明显是一位吸毒康复者）走过来，
跟我闲聊："您有多久没吸毒了？"我得意地说："我从未沾过
毒品。"他的脸瞬间沉了下来，然后快步离开。后来，我把这
件事告诉拉姆，我们一起大笑起来。多有意思的回忆啊！戒毒
聚会和读书会一样，并不是人人都喜欢。我不介意，但是拉姆
就是受不了聚会上的各个环节——"经历分享""为自我意识
鼓掌""挥舞着拳头以表决心"，示威似的喊着口号："我每天
都会越来越好。"诸如此类的。与这个相比，他更愿意陪我去
读书会。对我而言，参加戒毒聚会虽然又拥挤又封闭，但好在
不用太拘谨。而拉姆觉得读书会挺有意思，可以在书中发现问
题，然后去寻找答案。他并不介意听主讲人自鸣得意地朗诵枯
燥乏味的段落章节。

　　本雅明的那段文字[①]——"我学生时代的第一个朋友"——

---

① 指小说开头的那段文字。

用在这里并不准确。我的第一个朋友是贾汉季，一个温顺的帕西男孩。一次，我在离家不远的地方想家了，哭了出来。他第一个跑来安慰我。没人知道他是不是有小儿麻痹症，但他的腿是弯的，穿着一双不合脚的大鞋子，挂着两根钢支架。他的个头比我小，但前额却宽大得不正常。他告诉我，这双大鞋子可以把我的苦恼踩扁。大概因为病情恶化，他后来辍学了，我们失去了联系。他家住在马拉巴山的一栋居民楼里，离我小时候的家不远，离我这次住的俱乐部也不远。

　　我和第一个朋友失去了联系。上六年级我才认识拉姆，但我俩的友谊最长久。由于两次考试都不及格，他留级了，和我们这些初中生一起上课，和我同桌。我另一个读书时的伙伴是阿尼尔，目前在英国开了好几家公司，住在汉普斯特德。成年之前，我从来没对拉姆直呼其名过。在学校，他是"瑞迪"，这个名字通常和"惹事鬼"联系在一起。他在体操和拳击方面非常有天赋。记得一天的学校早会上，我看到他在双杠上跳来跳去。尽管不情愿，他还是耐着性子完成了一连串的动作。那时的拉姆长相英俊，但个头不高：没人料到十七岁时他能长到一米八。很快，全校都认识了这个叛逆的留级生。他才不会选择做运动员来光宗耀祖。因为我俩是同桌，所以很快就熟络起来。虽然他很有运动天赋，但是和他掰手腕时，通常是我赢。他在其他方面也输给我，这是因为他做事总是马马虎虎、心不在焉的。而对于拉姆来说，失败就像体育运动一样，是越来越擅长的事情。他讨厌学校，考试不及格会让他更加名正言顺。面对老师的严厉质问，他从来都不妥协。

"然而当我从梦中转醒，才恍然大悟，遭受监禁而死的那个男孩的尸体历历在目，引燃我心中刻骨绝望。他被埋在那里警示后人：不管谁生活在此，都不应该像他那样。""生活在此"中的"此"是指一座城市，还是一个国家？那个"不应该像他那样"的人是谁，他的朋友吗？一个彻底和过去决裂，从此过上迥然不同生活的人？

我曾经"杀死"过拉姆一次，那是在学校期末考试之后，他在我的小说中被"杀死了"。我写的东西，只留给自己看，从未让人知晓，也没想过要发表，但其中一些在学校宣传栏里发表后，引起了人们的关注。后来我的一首诗和两篇小说在校刊上发表。那首诗模仿了泰戈尔的写作风格，诗的名字是《多谢》。其中一篇小说是伍德豪斯式的幻想小说，另一篇是欧·亨利式因果报应结局的悲剧小说。我的主人公永远是一个长着"椰子形脑袋"的男孩，我母亲一眼就认出了他的原型。"这不是拉姆吗？"我不记得那些讽刺的情节了，只记得最后那个男孩意外触电死了。一切都是命运的摆布。那是我学生时代文学创作事业的巅峰。

第九章

在无线俱乐部门前下车的人，争先恐后往里走：其中有身穿高领长外套的瘦小年轻人，也有穿着巴纳拉斯服饰的女人们。我往回走，路过泰姬玛哈酒店和游艇俱乐部，加油泵旁停着几辆出租车，我敲了敲其中一辆车的车窗。车内播放着CD，司机正盯着前面的出租车。

我没有返回马拉巴山，而是去了孟买体育馆。长长的步道上空无一人，大概会员都去酒吧了。我向一位服务生招了招手，点了一份鸡肉蔬菜汤。我的肚子在咕咕叫，但我却并不觉得饿，一定是飞机上的三明治还没消化，所以我只喝了点儿汤。

回到俱乐部时，帕西晚宴已经接近尾声了。没有手风琴声，但人们还在自助餐台前来回穿梭。有两个人朝我走来，我想了一会儿，才认出他们。米林德·索马尼，健壮结实，一如《野蛮房屋》中的模样，基本上没变。另一位有点儿难分辨，个儿更高，体格更大，看到他那熟悉的微笑和明亮的眼睛，我认出了他——阿里·纳克维。

"阿米特？"

我点点头，向米林德笑了笑。晚宴还没结束。一位穿着无袖连衣裙的女士从外面走进来。

"天哪，好几年没见了，是吗？"

我突然想到，拉姆一定记得他们，他记得每个同学。

"阿米特是个作家。"米林德对阿里说，阿里低调地表示知道。

他俩都生活富裕，安居乐业。令我羡慕，也有点儿惊讶，他们竟知道我的职业。不是说米林德根本不读书，而是你最亲密的圈子，总是最后才知道你的近况：你的家庭，你的幼时朋友，你的城市，你的国家。顺序刚好相反。

夜里，在这紧闭的漆黑房间里，我梦见了空中花园。

第十章

清晨，天微亮，一楼露台的餐厅服务员脸上已经带上了无聊的神情。见我来了，两三个服务员看起来精神一振。我点了烤面包和茶。"要薄荷茶。"我说。

过了一会儿，服务员端着用餐巾包裹着的一堆面包片回来了。面包片上铺满了黄油，在一堆勺子和碟子里有一小盒果酱。

我打开茶壶盖儿，往里瞄了一眼，壶里面漂着一枝薄荷。

"十一点我有一个采访。"我把手机挪到耳边，提到报纸的名字。"真无聊啊！"边说边搅拌杯中的茶叶。

"怎么了？"我妻子疑惑地问。她以为仅仅待在孟买就足以让我万分激动了，我会无暇顾及其他事。但这次，没有提前制订好计划，除掉采访活动，签售会和读书会都由出版社安排，如果拉姆和阿俊都不在，我就不知道怎么打发时间了。

"阿俊去哪儿了？"

"去德里做基因讲座去了。"我不满地回答。

我决定上楼回房间，看看花格墙外小时候住过的那栋楼。我并未遗忘那里，只是觉得直接去看没什么意义。虽然知道它本来就在俱乐部后面，但今天早上偶然瞥到，还是让我感到惊喜。已经十点一刻，记者马上就来了。等待既无成效又不重要的事情，真是度日如年，但又不得不等着。等待的时候，既不能继续写作，也不能思考写作，不能构思已经动笔的新作，更别提出去购物了。我迟迟不愿回到房间。

我往车道上走去，边走边懒洋洋地张望着熟悉的街景，心里想着：这里需要重新上漆了。这里的油漆配色一如往昔，还是白色和芥黄色。搬到这儿时我才八岁，每天都会站在阳台往下看。感到无聊或不开心时，这样可以排解忧愁，让自己开心起来。和仰望不同，俯瞰时可以用视线环绕景物，用眼睛来旅行。我一路眺望到纳瑞曼区，我父亲工作的地方。这样远望风景，就像在做梦，或者反复体验一场劳累的旅行一样，就像每逢周日，我都会跟随视线，从海滨大道游荡到教堂门，这是我每天上学的路线。看着窗外，我也向往自由自在的生活——不仅是远离家庭，而是远离这座城市。如果凝视的事物不够美好，那就相当于什么也没看见。

仰望则截然不同。后来，我终于得到了自己向往的自由，离开了孟买。因为这里已经没有我的家了。仰望不太容易，很快会被刺眼的强光照得睁不开眼睛，眼底一片空白。我眯着眼睛，数着对面的楼层。"一层、两层、三层、四层……"我在十二楼，"六层、七层……"我也许把某层楼数重了。又重新数。突然，我的目光锁定了某个阳台，我不确定对不对，毕竟，没有任何标记证明，我拼命地看着，没错，那就是我家。

这个地方庇护着我，为我赶走世间的险恶，也带给我额外的恐怖——上学的恐怖。我的幼儿园就在这条路上，离家两分钟路程。现在已经改造成秘密防御工事，还未投入使用。那时我还不住在对面那座楼里，而是住在特纳里夫，毗邻空中花园尽头，角落里的那栋楼，离这儿还有五分钟的路程。上幼儿园时，我常常在大门里一站就是一上午，盼着母亲回来接我。

从特纳里夫，能看到另一所学校的热闹操场，后来我就
在那所学校读书，基本就在幼儿园斜对面。那是小学部，造型
设计精巧，一定是在 20 世纪 50 年代修建的。弗洛拉喷泉旁
的初、高中部，相较而言，则显得庄严肃穆——是新哥特式的
建筑风格——令人恍若回到了 19 世纪。当然，这个操场比我
儿时记忆中的要小。不久前，我和拉姆在晚上回去过一次，隔
着大门外往里看，仍为其威力所震撼。

我们在大门前停下了，被眼前的景象震撼，我忘不了当
时拉姆的话。学校里面一片寂静。除了两座公园四周有商贩摆
摊，马拉巴山的大部分地方都像田园诗一样美好，尤其是小吉
布斯路。学校中心是小学部，旁边是童话风格的校长办公室——
看到这些，我俩激动地相互推搡——这里简直是一片绿洲，风
格如此协调统一。

拉姆凝视着这片田园美景的中心，总结道："不是每个人
都适合。"

"你说什么？"我问他。

我们向来喜欢揶揄批评老师，同学中，那些当上跨国企

业高管总裁，一起读书又一起步入婚姻殿堂的，还有轻易自暴
自弃自杀的（这些人中也有不少），都会遭到我俩的无情抨击。
我们抱怨学校教育所灌输的错误价值观。看着看着，我们渐
渐陷入沉默——拉姆太反常了，他明明是个安静不下来的人。
此刻，我俩都不受学校影响。真是这样吗？我们看着眼前的一
切：操场与那条空荡荡、呈直角状的长廊，依然象征着某种权
威吗？

　　回忆使我感到不安但又坚定：我在另一座城市生活，与
一个和这座城市毫无联系的人结婚，蜕变为既不纯粹又无条理
的成年人，离开了马拉巴山，也离开了孟买。拉姆是什么意思？
我猜不到他的心思。

　　"什么叫不是每个人都适合？"

　　"生活。"他的回答解开了我的疑惑。我们往回走，穿
过一条巷子，右转，走上通往空中花园和尼赫鲁夫人公园的台
阶。"不是每个人都喜欢这一套。"

　　那年他四十八岁，正在戒毒，我想他有资格这么抱怨，
这种话很少有人会说。既然身不由己，那就自然认为生活应该
是美好的，如果生活不好，那也一定是自己的过错。拉姆的话

提醒了我，其实这样很武断。我们不能在某个时刻宣称，我们
没有完全投入生活，因为除了投入其中，我们别无选择。在人
生的某些阶段，五十岁、六十岁或八十岁，我们只是假装一切
尽如人意罢了。

第十一章

空气中弥漫着一股味道，从地下的大厨房里飘来，是咖喱叶的味道。我转身回到俱乐部。

我走回房间，打开门，里面一片漆黑，我把房卡插上，空调开始嗡鸣，灯也亮了起来。服务员重新铺了床，地板也清扫过，拖鞋被推到梳妆台旁。装简欧鞋的袋子还在行李箱旁，原封未动。我拉开窗帘，让阳光洒进来，窗外没什么风景——只能看到泳池的一角。

我躺在床上，双脚垂地。我看不进书，一边想象着整个邻近街区在我身边四散铺展的情景，一边等待记者来访。如果我在楼下坐着等，恐怕有失礼仪，所以，我要掐好时间，要么走到楼下的时候，他正好来到大厅；要么一边听着空调嗡鸣，一边等着他的短信发来。《不朽》放哪儿去了？应该在行李箱里。
我通常不随身带书，因为太占地方，我都是从售书架上借一本，
读书会结束后再还回去。但发行商那边有时不太靠谱，我还是
得靠自己。我应该再把书拿出来翻翻吗？不知道能否找得到。
我要浏览一遍小说，准备一下采访和读书会吗？这应该是记者
的责任吧？不久之前的一次采访，离约定时间不到一两分钟时，
他们才气喘吁吁地溜进来，告诉我"不好意思，我很晚才拿到书，
所以还没看完"或"不好意思，我还没看过这本小说"。你不
得不理解他们，在这些人必须刻苦完成的任务清单中，你的书
排行倒数。然后你不得不从头到尾将书的内容讲一遍——书中
的人物，写作的动力（或"灵感"）和故事情节。你觉得自己
表现不好。因为没有读过你的作品，对方会在你不擅长的主题
上来回兜圈：印度的近期发展成就；《微物之神》①，印度文学
近来的新成就。采访结束后，这个可怜人会将这次面对面的交
流，敷衍成一篇印度文学的新征程。

———————————

① 《微物之神》（*The God of Small Things*）：印度作家阿兰达蒂·洛伊所著。这
  本书让她成为第一个获得全美图书奖和布克奖的印度作家。

我也不明白为什么会这样。但现在，大部分记者都会先看一遍。没有了绝望感，也许我们之间的对话会比较顺利。

这一切要到十一点才能结束。我站起身来。

在大厅，一股浓郁的炸豆饼香味使我为之一惊，随后一阵阵南印酸豆汤的酸臭味飘过来。

等待访客时，我的视线落在了报纸上，早上落下了一份报纸，忘了看的，但是习惯的禁断反应不会持续太久。我早上看了整整两小时，发现头版新闻都是些无关紧要的事，如同俄耳甫斯①转身见到了欧律狄刻。我扫了一眼标题，一个熟悉的名字映入眼帘，卡萨布②。官方还在讨论如何处置他，当然，他们一定会杀了他。几个月前就已宣判了死刑。他在帕蒂海滩

---

① 俄耳甫斯（Orpheus）：希腊神话中的人物，俄耳甫斯是太阳神阿波罗和司管文艺的女神卡利俄帕的儿子，他的琴声和歌声能迷惑百兽。自从妻子欧律狄刻被毒蛇夺去生命后，俄耳甫斯痛不欲生，在爱神的帮助下俄耳甫斯前往冥府解救妻子，但有两个条件：第一，在返回的路上，他不能回头看欧律狄刻；第二，此戒令不可外泄。结果在回来的路上俄耳甫斯抵御不住对妻子的思念，回过头看了她一眼，导致妻子第二次死去。最终俄耳甫斯自杀。

② 卡萨布（Kasab，1987 - ）：孟买恐怖袭击案中唯一幸存的枪手。

被发现时，还装死企图躲过逮捕。之后，他申请从宽处理，理由是"我还不想死"——求生的欲望非常强烈。但后来，他又改变了主意："我不想活了。"

翻页时，报纸边缘撕拉作响。一位服务员端着满满一盘炒米沙拉，快步走向邻桌。

"先生？"

啊，一定是我一直在等的人！他有点儿尴尬——或许只是见到我有点儿不自在？

"您是尼兰延？"

"是的，先生。不好意思，火车耽误了。"

"您住哪儿？"

"马拉德。"

在我小时候，知道马拉德在哪儿的人就和知道火星在哪儿一样稀罕。如今，两个人里就有一个来自马拉德或穆兰德。我长大的这座城市，曾经叫"孟买"，现在叫"南孟买"。住在这片地区的人都是富人后代。工人和下属都住在宿舍或外屋。中产阶级住在马拉德或穆兰德，或者更偏远的地方（像我一样），比如加尔各答或英国，到南孟买来只是短途旅行。

"您在 VT 下车吗？"

"不是，是在教堂门下车，先生。"

"您每天都来这儿吗？"

我们边走边聊，我带他来到大门附近的桌边坐下，这里几乎闻不到酸豆汤的味道。天花板上的吊扇呼呼地转着。他放下包，拉开拉链。

"我只在周一、周三、周四来这儿，今天来是因为他们告诉我，您明天就要走了。"他抬起头来，笑了笑，拿出一个小玩意儿。

"是的，我要回去了。"他不知道，有时我会为是否再多待几天而犹豫不决。小时候，我非常想念加尔各答，常常祈祷假期来临。在加尔各答度过的暑假即将结束时，我又开始虔诚祈祷：愿返程航班被取消。只有一次，我的祷告被上帝听见，实现了我的心愿。我又得以返回普拉塔帕蒂亚路，回到叔叔家。我忘不了那次神秘莫测的慷慨神意——因为我把加尔各答当成家乡，我为自己实现了奇迹，让自己能够享受无拘无束的快乐。当时我就是如此排斥孟买。

"您在路上花了多长时间？"

"到印度门吗？一小时。"

"那还好。"

无论是从班德拉或珠湖，机场、安泰里西或马拉德来这儿，都要花费一小时。一小时后就能抵达哥特式风格的终点站，来到富丽堂皇的酒店，帕蒂海滩或弗洛拉喷泉的环形广场。一小时并不长，象征性地忍一忍就好。

"您在马拉德住了多久？"

我想间接了解他的生活。这个年轻人引起了我的好奇，我嫉妒他与孟买亲密的日常。

"两年，先生。"

从他的姓氏可以推测，应该是旁遮普人或拉贾斯坦人，或是孟加拉人。

"我是加尔各答来的。"

哦。怪不得要费这一番周折。比今天的麻烦日程还折腾。但我也很嫉妒他，能在马拉德拥有新生活。这样的奔波折磨，到城市通勤工作的精彩振奋，随后是筋疲力尽、充满未知的一天。

"我们坐这儿好吗？"

他按下开关，一个红色的小光点亮起来，他礼貌地把那
个小玩意儿放在远处。

"您介意我录下这段对话吗？"

"你这样做，我会更开心。"

他笑了，采访就此开始。

"您上一部小说还是九年前出版的，为什么间隔这么长
时间才出新作？"

有备而来的问题。我对他认真准备感到高兴。

"我突然对小说感到厌倦，"我承认，"我觉得，就是这
样吧。1999年我从英国回到印度，然后扪心自问：'必须隔一
年就写一部书吗？我就不能有个学术休假吗？难道我所有经历
只能以这一种形式呈现？'"

为了留下备份，他拿出笔记本和圆珠笔，开始涂涂写写。

小说这种体裁的行业规则，二十年来对作家生活的责难，
突然让我忍无可忍——强制交稿；用成败粗暴地判定作家是否
具备价值感。我虽然写小说，但某种程度上，却变成了最近美
国情报局所说的"叛变者"。我装模作样，等待时机。一旦有
机会，我会摧毁这一体裁。

"这是您最长的一部作品，是吗？先生。"

"以我的标准来看，简直是长篇巨作。"一眼认出我的那位服务员，靠着餐厅的茶色玻璃，清闲地看着我们。俱乐部的员工们总是带着一丝监护托管的意味。让我无故感到紧张。我不清楚能否在俱乐部内进行新闻采访，或许应该给秘书处写一封信，说明一下情况。

"这篇小说写得还不错，我觉得。"尼兰延热切地点头。

"虽然花了不少时间去写，但我觉得，我终于学会了如何写小说。"

他抬起头来。

"您这话什么意思？"

"我想到了弗兰克·奥康纳①。"——服务员转移了目光——"他说，诗歌和短篇小说都是关于……一瞬间的事，至于小说——我认为，弗兰克·奥康纳心里想的一定是 19 世纪的小说——都是关于时光流逝的内容。你可以从书中纵览人物

---

① 弗兰克·奥康纳（Frank O'Connor，1903 - 1966）：爱尔兰作家，有一百五十余部著作，以短篇小说及传记最为有名。

的人生轨迹，从出生到成年，从壮年到老年，从老年到坟墓。通过一部小说，你见证了生命从绽放到枯萎的历程。而一首诗，带给你的则是对开端的无尽痴迷，开端十分精彩，令人再三逡巡，盘桓不已：这就是开端的魔力，像毒瘾一样令人欲罢不能。短篇小说家也会对作品的开端上瘾，而且难以戒除。小说家认为：'一旦开头了，就必须接着写下去。'"

"那《不朽》呢？"他问。

"它更像一部长篇小说，对吗？"我评价道，"尽管按奥康纳的标准，短篇小说也能发挥长篇小说的功能：给读者一种阅尽人生的体会。这让我想到了莫泊桑。你还记得之前的课文吗？""《项链》①？我八年级时学过。"他点点头。"这是一个简短的故事。但读到最后，发现一切源于女主人公的错误，你仿佛也经历了她的人生，觉得她的一生可能白费了。篇幅和简洁度只是感知问题，许多年后你才发现自己一直被一种错觉

① 《项链》(*The Necklace*)：莫泊桑的短篇小说。讲述了小公务员的妻子玛蒂尔德为参加一次晚会，向朋友借了一串钻石项链，来炫耀自己的美丽。不料，项链在回家途中不慎丢失。她只得借钱买了新项链还给朋友。为了偿还债务，她节衣缩食，为别人打短工，整整劳苦了十年。最后才得知所借的项链原来是假的。

所折磨，那些年显得虚无缥缈，正如《项链》的故事结尾所呈现的。莫泊桑用短短两页笔墨呈现出长篇小说作家要用四百多页篇幅去叙述的故事。我在想能不能更短，也许只要一页半，取名《乡间一日》，描述两对夫妇的激情、冲动和情感（年轻的资产阶级，到法国乡村度假，和我们今天在普里或鹿野苑看到的人不一样）。小说结尾，叙述跳到十五年后，用双线结构叙述度假人的际遇，道尽人物的一生。据奥康纳的说法，这可以算作一部小说。"

他用一副学究派头不安地扫了一眼录音笔。

"我只检查一下，"他不好意思地说，"曾经有一次采访，结束后我发现什么也没录下来。"叮——叮——砰，周围一片嘈杂，到处都是勺子碰撞发出的杂音。

"要检查一下吗？最好现在就看看吧！"

"好的。"

他摆弄了一下开关，按下回放。刚开始里面传来俱乐部里嘈杂的声音，渐渐地，大厅里的嘈杂声变为嗞嗞声，然后是我的声音。简直不敢相信，我的话听起来认真又自信，像一位传道的年轻神父，就是语言有点儿晦涩难懂。

“没问题。”他笑了笑。

“可以继续吗？”

“这部书里有多少自传的成分，先生？”他把录音笔向我这边挪了几厘米。

很好，这个问题终于来了。又一个有备而来的问题，但他问得小心翼翼。

“我不太喜欢‘自传’这个词。”

“为什么呢？”

“因为我无意于同别人分享自己的生活。而这个词相当于告诉别人：我是什么样的人。”

尼兰延看起来有点儿紧张。

“当然，我在书中描述了这一带街区，而且，”我举起一只手，向服务员示意，“我的确是在这里长大的。”

一位服务员看到我的手势后，显得很犹豫，不确定我是否要点餐。

“但这不是书的重点。我选择这里，作为主人公奈马亚成长的地方，不是因为想把自己的信息透露给读者。”他又开始做笔记。“‘自传’这种体裁，就好像是先开始自己的生活，再把你的生活一股脑写进作品里。但巴特——罗兰·巴特[①] 说过，"尼兰延没有表现出不知道这个作家，"如果你认为普鲁斯特[②] 作品中的夏吕斯是以孟德斯鸠为原型，那就错了。巴特会认为是孟德斯鸠在模仿夏吕斯的人生经历。"

尼兰延猛地抬起头来。

"所以，生活未必先于创作而存在，就能说得通了。注意到了吗？沉浸于某本书时，往往需要过段时间，才能从书中的情节里走出来。如果小说的背景设置在 1915 年，你会在一段短暂的时间里，感觉周围的房屋、街道充满 1915 年的风格。因此我说，是作品创造了生活。"

一位身穿无领长袖衬衫、留着胡子的男人急匆匆地向我们这桌走来。

"阿希文！"

[①] 罗兰·巴特（Roland Barthes，1915－1980）：法国作家、思想家、社会学家、社会评论家和文学评论家。

[②] 普鲁斯特（Proust，1871－1922）：20 世纪法国最伟大的小说家之一，意识流文学的先驱与大师，也是 20 世纪世界文学史上最伟大的小说家之一。

"抱歉，我来晚了。"他看了看手表，确定自己是否真的迟到了。

"阿希文是摄影师。"尼兰延说。

"嗨，阿希文。"

他低下头。"抱歉，有事情耽误了。"

他压低了声音，好像采访开始这么久，阿希文才来是一件非法的事。他问我："您是否介意我们采访时拍些照片？"他俩相互递了个眼色。我不明白那是什么意思。

"没问题。"

阿希文蹲在藤椅后，仿佛要将自己隐蔽起来，调了调焦距。

"您认为这本书真正的主人公是谁，您对他做何评价？"尼兰延用安抚的语气问道，似乎现在的主要任务是使我免受摄影师打扰，"是尼尔马利亚，还是希亚姆·拉尔？或者是音乐？"

"我花了许多笔墨，探索小说中尼尔马利亚和音乐老师之间的误解，他们之间的误解带着一抹悲喜剧色彩。"我听到"咔嚓"一声，镜头正对着我闪了一下。但没有让我感到不自在。我深呼一口气："尼尔马利亚属于这个世界。"我又朝四处招了招手，觉得口渴。"但他讨厌这个世界。于是他假扮成穷人。

他不会开着奔驰四处兜风，而且穿着破衣烂衫，但也不会换掉脚上的那双简欧凉鞋。"我微微一笑，但尼兰延并不理解我的深意。"尼尔马利亚不明白，希亚姆·拉尔，一位来自传统音乐世家，才华横溢的歌手，为什么想在这里发展，"我指的是自己所处的环境——"尼尔马利亚，一个世界共通的典型年轻人形象，思想极其肤浅。""南孟买"这个词，最近才进入我的词库，但是权威性不足，此刻还暂时用不上。"另一方面，希亚姆·拉尔也无法理解尼尔马利亚。马拉巴山的有钱人家的小姐都想跟着他学唱歌，这让他感到非常骄傲。但他不明白，尼尔马利亚丰衣足食，这样幸运，为什么还会感到闷闷不乐。"

采访过程中，我每说上十几秒，相机就"咔嚓"一声。渐渐地，快门声越来越频繁，最后响成一片狂乱的嗡鸣。

"尼尔马利亚成为老师的人生导师后，小说就向喜剧方向发展了。'你必须改变自己的人生'，他经常向希亚姆·拉尔传递这样的有害信息，借他身份毒害成长中的少年。我在写这本书时，学到了一点，借助小说的形式，你可以不断地嘲弄某些信息（这话是尼尔马利亚说的），却不会淡化其紧迫性。"

采访结束后，阿希文提议换个地方。

　　"咱们去俱乐部别的地方拍两张。"他指向泳池旁边的
那条小路，那里似乎通向一片小树丛。不，是一个小操场，那
儿还有几个秋千。

　　我走出门外，阳光正好，空气中有股消毒水的气味。阿
希文让我靠着一棵大树。他身后就是我小时候住过的那栋楼，
迎着阳光仰视高层实在太刺眼了。他拍了一张后，上前来调整
我的下巴，让我面向右侧。我只能任他摆布。摄影师是新时代
的"婆罗门"①：我们只能乖乖听其号令。"非常好。"阿希
文说道，伴随着一声清脆的快门"咔嚓"声。

　　我们往对面走去，来到大门入口。右边远处有一个网球场，
正前面是外屋。从我房间的阳台上，也能看到这两处地方。网
球运动员们从车里走出来，拿着球拍，个个朝气蓬勃。皮肤黝
黑的球童是他们的陪练。一道墙将球场和车道隔开，阿希文让
我倚着这道墙站着，他单膝跪下，拍了几张，发现自己挡了一
辆本田车的道，只好站起身来。保安向我们挥手，示意我们离

---

① 婆罗门（Brahmins）：印度宗教里，祭司被人们仰视如神，称为"婆罗门"。
　　这里是指现代社会中摄影师非常重要，也很受人重视。

开。我往回走，站在外屋旁。这里的日常生活是多么令人羡慕啊！姑娘把钥匙放入桶中，斜屋顶排成行。希文和尼兰延在商量工作。是谁住在这些房间里？俱乐部员工，街边商店的工作人员，还是旁边大厦里的职员？就连躺在窗台上的那只猫，都比儿时在此生活的我，在马拉巴山占据着更多的自由空间。

第十二章

我始终热爱帕西风味美食。尼兰延和阿希文离开后，我跟代理加纳尔德罕聊了一会儿，决定在不列颠尼亚餐厅见面。小时候我总是盼望着受邀参加那巫尤仪式和帕西婚礼，除此之外，没有其他机会能品尝到帕西风味美食了。直到现在，我都不确定"那巫尤"到底是什么，但可以猜测是一个成人仪式，犹如成人礼对婆罗门少年的影响那般深远。

我以为这一带没有帕西风味餐厅，一直期待着婚礼和那巫尤仪式的邀请。我以为，帕西人像果阿人和孟加拉人一样，不善于推销自己的本土美食。帕西风味餐馆确实很少，但的确存在，只是我不知道罢了。我对孟买真的所知甚少。譬如，极乐咖啡馆离拉姆家很近，就在他家那条街对面，我却一点儿也不知道。而现在，我已经尝过它的美食，目睹了它的翻新。拉姆还带我去那里吃过肉烧土豆丝和焦糖布丁。

在我看来，无论我作为作家或普通人，孟买对我同样所知甚少。我必须在这里找到读者。不过话又说回来，我也不是很了解孟买，我在孟买的时候，心思一定不在这里。要不然怎么会对先前这几天光顾过的这些餐厅一概不知？我现在又不住在这里——极乐咖啡馆，吉米男孩的小屋，不列颠尼亚餐厅——我又不是没去寻找过。记得有一次我从英格兰回来，旅途中听说，休斯大道上的拉坦塔塔学院里开设了一家帕西风味餐厅。我非常兴奋，这一带终于有帕西风味的餐厅啦！父母和我怀着期待的心情从班德拉东区走到西区，去寻找咖喱羊肉和豆蔬鸡，我们走了快一小时，结果到了那里，才发现餐厅已经关门了。帕西食物和我，我们走过的路，那少年的时光，似乎永远不会再有交集。

第十三章

我感到饥肠辘辘。

"去不列颠尼亚餐厅。"我对出租车司机说。

后视镜上反射出司机面无表情的脸庞。他不愿坦诚地说出不知道这个地点。

"在巴拉德地产附近。"他点火发动引擎。

不列颠尼亚不是一家帕西风味餐厅。我听说是伊朗人开的。不过区别不是很明显。伊朗人和帕西人都是琐罗亚斯德教① 教徒。除了不列颠尼亚菜单上有"浆果炒饭",其他菜色基本相同。

---

① 琐罗亚斯德教:流行于古代波斯及中亚等地的宗教,中国史称袄教、火袄教、拜火教。

一想到浆果炒饭，一阵食欲澎湃勃发。我感到胃部一阵抽痛。

我们一家人从来没在不列颠尼亚餐厅一起吃过饭。几年前，我在孟买参加研讨会，四处寻找帕西风味美食时，偶遇这家餐厅。他们提醒我"只供应午餐"。我在两年后才挤出空闲，在那里吃了顿饭。我们现在到了巴拉德地产，在薄荷岛问路时，我才意识到自己来得有多晚，真是太傻了。几年前，我就一直在找它，其实它一直都在这里，这种愚蠢的感觉我永远难以释怀。

*

我在路边的人群中看到了加纳尔德罕。我们的名字在等餐名单上。他握着我的手，开怀地笑着说："我们是三号，先生，他说大约等十到十五分钟，人太多了。""他"指的是那位负责安排桌子、手忙脚乱的男子，此时他正站在一张黑色桌子旁发号施令。不列颠尼亚餐厅上了《孤独星球》旅行指南。

大部分时间加纳尔德罕都在印度西部马哈拉施特拉邦活动，向小镇的批发商出售教科书和畅销书，这时候他可能会为我说句好话。他知道我与畅销书作家不同。神奇的是，我的书销量不佳，但声名远扬。这与我在国外的声誉，以及我莫名其妙的地位有关：对此，他带有一种模糊的好奇与尊重。他认为我是这个行业少有的陪衬品，相当不合时宜。如果把我看成供应商，有一阵没一阵地向他供货，那我们之间的关系也未免太俗套了。我是一个作家，这点对他来说很重要，因为他也有作家的禀赋。我们在一起的时候，我发现他非常聪慧，充满了作家的气质。

实际上，我之前仅见过他一次，真是一见如故。

"您的朋友还好吗，先生？"我们坐下来时，他问道。

我正在看菜单。我已经知道要点什么了。

我的朋友？当然。读书会期间，我向拉姆介绍了不少朋友，加纳尔德罕是其中一位。

"拉姆？"我说。

"哈，拉姆！"他的声音洪亮起来，显然听到这个名字很高兴。

一开始，他俩的谈话火药味十足，这不仅与拉姆的占有欲有关（拉姆吃我妻子的醋，还说与我妻子相比，"我认识你的时间比她长"），还与他对陌生人的偏见有关，他太自闭了。加纳尔德罕注意到拉姆无所事事，觉得很有趣。拉姆非常敏感，即使加纳尔德罕并未有嘲弄之意，他也会感觉对方在笑话他。拉姆非常恼怒，他觉得自己比加纳尔德罕强。

"他不在城里。"

加纳尔德罕抹去了他的微笑。

"他是非常好的人。"

是的，他越发觉得拉姆有趣了。他很高兴看见拉姆和我一起出去——就像他自己和我一样。他是有目的地和我在一起，而拉姆没有。他俩之间肯定会很有共鸣。在填字游戏面前，他们是同一站线的。

"要矿泉水吗？"服务员问道，在轻快的移动中敏捷地停下来。

"来一杯鲜青柠苏打水。"我告诉他。我很想尝尝帕隆吉树莓，那宝石红的颜色太诱人了。

"白水。"加纳尔德罕看起来很纠结。

我们——拉姆和我，很愚蠢。我们三个人在一起时，加纳尔德罕只是个看客。我和拉姆有时会回想起鲍尔迪的声音，他经常颤抖着说："来吧！"以此强调自己的各种观察发现。他是个幻想家，总是不断萌生各种渴望。"来吧！"他的家庭非常富有，但无法给予他渴望的东西：女朋友、奢华派对、体育成绩、体现他真实智慧水平的漂亮分数。对于这些对象，他总是处于一阵阵的幻想之中。了解他的人，都知道他沉迷于手淫，发现了不少丹麦小型色情杂志，当时他年龄还挺小。有钱总是好办事。手淫是个不雅的词——一种类似打嗝儿或放屁的滑稽行为，只是比这些更禁忌，更加必不可少。你不得不手淫，况且所有男孩都这么做过。对这类个体生态现象，这种单纯的欲望，女孩子并不了解。我离开学校后，再未见过鲍尔迪。预备考试失败后，他只得早早退学了。我们一定用电话聊过天，因为我记得，他告诉我他进了一所补习学校，名为剑桥（所有给后进生补习的学院都叫剑桥、牛津和哈佛）。他很兴奋，因为那里有免费的空调（AC）开放："有 AC 呀！"那时，我真的很烦他。现在，我总是用追忆的语气说起他，是因为他在二十多岁时，过量服用可卡因死亡。我和拉姆不记得，我俩是从什么时候开始用鲍尔迪的角色语言对话的。这完全是无意识的。有时候我们突然意识到自己在做什么，魔障就会被打破。

"该死，"拉姆说，"可怜的家伙。"其实鲍尔迪挺可爱的。他急切地想得到一切，才造成了这种后果。我们会说几句话告慰亡灵。我们也不知道，什么时候自己又会开始用颤音说话。我们不再认为那是鲍尔迪的专利。这是一种原发的声音，让我们一起追溯相互陪伴的过往岁月，这种声音充满了孟买气息，不可能在其他地方听到。加纳尔德罕看到我们傻气的举动，一笑而过。

"需要点餐吗？"白衣侍者例行问了一句。

"素食浆果炒饭？"我对加纳尔德罕说。他是素食主义者，浆果是他的主食。

"是的，是的。"

"还要别的吗？"

他摇摇头，看起来非常腼腆。

"我要羊肉浆果炒饭、油炸龙头鱼。"

龙头鱼（俗称孟买鸭）是我近期发掘的美味。原来住在这里的时候，我知道有一种摊平晾晒的龙头鱼干，气味浓烈，一英里^① 外都能闻到。我们叫它烘干肉，是热辣的东孟加拉食谱上的特色菜。三年前，阿迪尔给我介绍了我人生中的第一家帕西风味餐厅——"吉米男孩"，那是我第一次看到龙头鱼的真面貌。他带我去那儿吃了午饭，我那时十几岁，刚刚读过《失踪的人》。他点了油炸龙头鱼，我点了柚子鱼片黄米饭——二十年前，我在婚礼上吃过。食物端上来时，阿迪尔的龙头鱼把我惊呆了，它看上去色泽金黄、修长松脆——我故作轻松地说，我知道这种鱼俗称"孟买鸭"，却无法专心享用自己盘中淋着半透明酱汁的银鲳鱼，也没有勇气向阿迪尔要一口尝一尝。

　　填饱肚子后，我们走向霍尼曼商圈。我不是很高兴。我不知道下次来孟买会是什么时候，或者能否再次看到龙头鱼。我自认为自己很熟悉霍尼曼商圈，但却从没听说过"霍尼曼"这个名字。霍尼曼是谁？阿迪尔说他是犹太慈善家。沿着花园弯曲的边缘行走时，我们开始谈起帕西人。帕西人人口数量在

---

① 英里（mile）：英美制长度单位，1 英里 =1.609344 千米。

逐年减少；他们面临着两种选择：第一是帕西人保持内部通婚；第二是对其他群体开放联姻，但可能导致族群血缘淡化。两种方式，都算是出路。我那时还是个孩子，这些对我来说都是假设。他们白皙的皮肤，代表职业的姓氏，抑扬顿挫的讲话，以及对莫扎特和勃拉姆斯乐曲的熟练演绎，无不让我痴迷。"坦白地说，**我**不在乎。"阿迪尔说。"什么？""他们是否会消失，我并不在乎。"他的口气，就好像在说一个巧克力品牌或者一条铁路线似的。我注意到他对"他们"的使用：好像身为诗人，就可以完全释放自我。我们走向斯特兰德书店——今天我又来了。

几个餐盘毫无预兆地、重重地顿在我们面前。棕色米饭丰盛十足，米饭上面点缀着的浆果，酷似一粒粒石榴籽。

我的右手边是伊丽莎白女王的肖像，餐馆的老板（我看他游走在桌子周围）是女王的粉丝，已经九十岁。很快他就来到我们的桌边，确认点的餐是否准确到位，他称我们为"年轻人"。老人精瘦硬朗，倔强好动，把自己对皇室的全心热爱，都灌注到对食客的关照中来。大家都会全神贯注地听他讲话，为他的个人魅力，或为帝国的记忆所倾倒。然后低头继续用餐。

"采访还顺利吗？"加纳尔德罕舀起米饭。他仿佛是个置身事外的媒人，只要将两方聚在一起，没有激烈争吵就可以，其他的都与他无关。

"还行。"

我在意的是记者将会如何报道这次采访。从前的记者想让你说出他们自己想要的内容，你却巧妙地回避了，但根本没有人注意到这一点，人们只记得照片。

"摄影师叫什么名字？"

加纳尔德罕犹豫了一下，勺子举到了一半。气氛还是没有热络起来。

"阿希文！"两秒后，我说。我们的话题又回到浆果炒饭上来。我不确定我是否应该追问他，并请他在刊登照片前咨询一下我。我觉得，以前我对自己的拍摄角度，太疏于过问了。

龙头鱼来了！放在一个小塑料盘里。

"你不吃鱼？"在我看来，素食主义，是在没有任何征兆的情况下，在任何一秒，都可能中止的一个状态。

他摇摇头。

　　鱼骨几乎和肉一样松软，我试图将二者分辨出来。从在"吉米男孩"餐厅见到这些金黄酥脆的样本后，我确信不尝到这些晶莹雪白的鱼肉，自己是决计不甘离开的。我注意到，白嫩的鱼肉表面包裹着一层黏液，要是其他的鱼，肯定会很恶心，但龙头鱼却不会让我有这种感觉。我很快将龙头鱼一扫而光。

第十四章

到达斯特兰德书店的时候，我将食物抛之脑后。书店举行的不是新书签售会，而是加纳尔德罕组织的即兴参观。尽管如此，他们已经将一摞《不朽》放在了桌上。我开始签名，此时我的脊背上泛起一阵寒意。

尚巴格去世已经有两年了。《午后碎片》出版时，我在这里遇到过他。那时我还不知道他是个传奇人物，甚至不知道他是谁。但我意识到自己被人介绍给了他。一位经销商对我耳语道："是他创立了这家书店。"对我的介绍则是曾经到这里看过书的男生。1993年，校园时光似乎还没有那么久远。《午后碎片》是我的第二部小说；我还不觉得自己是个作家，尽管很想得到作家的待遇。"你喜欢中餐吗？"尚巴格问，"你吃龙虾吗？"他把我和妻子带到了泰姬玛哈酒店的船长酒吧，点了椒盐龙虾。我还记得酒吧里的光线很昏暗。

签完名后，身边的图书吸引了我。我想挪动去看看，但成堆的书籍占据了大部分的空间，挪动起来有困难。

不过，问题很快解决了，或许改变一下方向就可以？我的小说旁边是一本关于佛陀的书，我从来没有听说过，旁边还有一堆星象占卦的书。

我家里有一本诗集，是我十八岁时从这个书店买的。蕾妮和韦斯的《当代诗歌》。记得当时我看到那本书以后，立刻将它拿起来捧在手里，都不想放下了。我喜欢里面的诗人：C.P. 卡瓦菲斯[①]、A.R. 安蒙斯[②]、汉斯·艾森伯格[③]。这本诗集花费了我 7.5 美元。那个时代的 7.5 美元，能购买很多东西呢。

[①] C.P. 卡瓦菲斯（C.P.Cavafy, 1863 - 1933）：希腊现代诗人，也是现代最伟大的诗人之一。

[②] A.R. 安蒙斯（A.R.Ammons, 1926 - 2001）：美国诗人。

[③] 汉斯·艾森伯格 (Hans Magnus Enzensberger, 1929 -)：德国诗人和随笔作家。

那是一个神奇的时代，想读什么就读什么。

"发现什么好书了吗，先生？"加纳尔德罕在我身旁问道。

"找到一些。十五岁时，我到这家书店来买詹姆斯·哈德利·契斯① 的书。"我不确定加纳尔德罕是否了解哈德利·契斯。我是读着他的作品长大的。他是一位严肃的作家，就像尼克·卡特② 一样。十五岁时，我对卡瓦菲斯和诗歌还毫无概念，第二年，我才爱上了。

"您经常来这儿吗？"

"当时几乎每天放学都会来。大教堂到这儿就十分钟的路程。"他忧郁地点了点头。

我转向后面的通道，在社会学书籍和近期的印度小说之间徘徊，然后走到小房间的另一边。诗歌板块的位置仍然在右侧的书架底部。这里有一把钢椅。我坐下后，向下瞄了一眼，

---

① 詹姆斯·哈德利·契斯（James Hadley Chase, 1906 – 1985）：英国作家、编剧。

② 尼克·卡特（Nick Carter, 1980 – ）：美国后街男孩演唱组合成员。

看到乔叟^① 和 W. H. 奥登^② 的书摆在货架上。满满三个货架，但范围缩减了不少。我还看到了一些朋友和熟人。兰吉特·霍斯科特^③，阿南德·萨科尔^④ 和阿伦德哈蒂·苏布拉马尼亚姆^⑤。后两位是在一年半前的一场晚宴上遇到的。当时我刚刚结束一场读书会，拉姆也在，他毫不掩饰那些诗人让他感到坐立不安的事实。我们在卡拉吉达镇小街里的特里什纳餐厅用餐。无奈，这里已经客满，无桌可用。拉姆劝我们不要在外面等待，并极力向我们推荐阿普旺餐厅，所以我们最后在阿普旺餐厅举行了庆祝晚宴。拉姆不让我点银鲳鱼，因为他声称拉瓦斯鱼更好，这都在我预料之中。和拉姆在一起时，我从来不吃

① 乔叟（Chaucer，1343－1400）：英国小说家、诗人。主要作品有小说集《坎特伯雷故事集》。

② W.H. 奥登（W.H.Auden，1907－1973）：现代诗坛名家，被公认为艾略特之后最重要的英语诗人，也是著名的同性恋者。

③ 兰吉特·霍斯科特（Ranjit Hoskote，1969－）：印度诗人，著名的艺术评论员。

④ 阿南德·萨科尔（Anand Thakore，1971－）：印度诗人，印度斯坦古典音乐表演者。

⑤ 阿伦德哈蒂·苏布拉马尼亚姆（Arundhathi Subramaniam，1967－）：印度女诗人、艺术家和作家。

银鲳鱼，因为他喜欢拉瓦斯鱼和马鲛鱼。他很少在外就餐。我现在很少吃银鲳鱼，而且在加尔各答很难找到上好的银鲳鱼。大家都以为我是孟加拉人，就该喜欢吃鱼，但因为我自小在孟买长大，所以只吃海鱼。我讨厌加尔各答的淡水鱼。在孟买，我尽可能点银鲳鱼，但拉姆不让，他坚信我会改变喜好，改吃拉瓦斯鱼——这是一种造型扁平的烤鱼，肉柴得像木片，就像我们在阿普旺餐厅的晚餐上点的一样。

第十五章

我手里拿着一本《新千年的六份备忘录》，走出书店。有些书，买它是因为书名吸引人，有的则是因为篇幅简短。我喜欢短小精悍的书——从第一页开始就知道结局近在咫尺。

"那，我们在六点十五见？"

读书会在六点半。我们一直在估计观众人数。在孟买，引导人们来参加读书会可不是一件容易的事。

加纳尔德罕点点头，表示同意。此时是三点半。

我穿过马路。路边有一台污迹斑斑的老式研磨机，它能吞入大量的甘蔗，然后吐出压平的甘蔗渣和淡绿色的汁水。只要喝上一杯，患黄疸的风险即刻剧增。

在阿普旺餐厅吃过那顿饭之后，我就再没见过拉姆。我经常想起那天晚上在游艇俱乐部门口最后一次看到他的情景。
不过直到现在我才想起来，读书会之后，到特里什纳聚餐的计
划夭折了，最后在阿普旺餐厅吃的拉瓦斯鱼。我们围坐在一张
长桌旁，拉姆与阿伦德哈蒂正半严肃半玩笑地交谈着；阿南德
突然大声哼了一段拉加（印度的传统曲调），阿伦德哈蒂露出
如钢铁般冷漠的表情。席间，阿南德和门那卡突然用法语交谈
起来，还带着些许火药味。后来，我们一行人走去皇家电影院，
时间还不算太晚，才十一点。

穿过黑暗的拱廊，阿南德又唱起了拉加，一段接着一段
地唱。拉姆和一个名叫苏米特的年轻小说作家突然不见了，两
人消失了大约七八分钟。我们来到卡拉吉达广场时，他俩从一
条后街蹿了出来，显得羞怯局促而又得意欢喜。酒肉朋友！我
不知道他们刚刚是否去了低级娱乐场所，也不确定拉姆是否仍
然"清白本分"。

人们开始默默排队，等候的士。生活在城市这片区域的人，
毫不装腔作势，总是怡然自得、无拘无束的，真是奇怪。午夜
来临时，大家纷纷返程，分别去往一小时车程之外的佐胡和班
德拉。大家纷纷挥手告别。我们剩下的两三个人，最后决定再

欣赏一下阿波罗码头风光。拉姆非常疲惫，所以他选择回家。我想他是受够了这些作家。"该死的，我的脚像灌了铅，一步也迈不动了。"第二天，他在电话里对我说，"从韵律大楼到皇家影院就像有一英里那么远！不知道什么时候才走完。"他的摩托车停在游艇俱乐部，我们就在那里跟他道别。道别时，我突然感觉不妙，不知道为什么，仿佛把他抛弃了一样。拉姆用一只脚反复踩着踏板，直到摩托车发出熟悉的发动机声音。在哥特式拱门下，我恍然再一次看到了他的身影。

　　能否再次看到拉姆？我不确定，同样的困惑之前出现过一次。当然，我知道这样说会有些荒谬。关键不是能否见到他，而是何时才能见到。拉姆的姐姐说，一年后就能见到他了。我此时的感觉，并不是父母见不到孩子的焦虑。孩子长期不在身边，父母可能一时丧失理性，胡思乱想，觉得日后可能再也见不到孩子。我的感觉不是这样的。我知道肯定会再次见到拉姆，但又总觉得再也见不到他似的。我的心里很不平衡。我自己也觉得诧异，不明白为什么会有这样的反应。拉姆并不是我唯一的密友。但是我来孟买，仿佛全是为了他一样。"全是为了"

的表述不算正确：我并非因为他，或为了打探他的下落才来到孟买。但是我对自己感到诧异，与我在这里发现的东西息息相关。"诧异"表示你这才注意到之前没有注意的事物，但也可能意味着注意到再也见不到的事物。当我进入孟买著名的街道梅塔路，然后左转到达长长的达达拜·瑙罗吉路时，我知道自己再也见不到孟买了。换句话说，哪怕日后再次见到孟买，也已不是此时此刻我所注视的孟买了。

　　我打了个嗝儿，将龙头鱼的幽魂释放出来。我需要这样散散步。我第一次预感再也见不到拉姆，是在 GT 医院的精神科看到他的时候。那一刻，其实充满了终结的意味，但我们俩都没意识到这点。那次他差点儿命丧黄泉，但最后活了下来。正如医生所说，"堪称奇迹"。那次，我到孟买参加文化节，依然住在游艇俱乐部（如果主办方没有把我安排在高级酒店，我会要求住在一个位置方便的俱乐部）。活动在班德拉举行，之后，我、阿俊、拉姆和阿姆里塔（我和拉姆在大学里认识的朋友，并且已有二十年未见）约好去一家海鲜餐厅。拉姆早早地出发了，还提醒我们需要一小时才能到达戈拉巴。我也在路上了，但还没赶到。拉姆骑上摩托车出发后，在路上可能突然改变了主意，决定前往威尔斯王子博物馆入口，与毒贩在午夜时分碰面。他在那里吸食了过量的海洛因，当警察凌晨三点发现他时，他的血压几乎为零。这个无名警察在拉姆钱包里的一张纸上，找到了拉姆朋友的号码，并给那位朋友打了电话，然后那位朋友通知了拉姆的父亲。拉姆的父亲一路跑着去了戈拉巴堤岸，那时候是凌晨三点半，根本找不到出租车。他的父亲把昏迷不醒的儿子送到了 GT 医院。

游艇俱乐部的房间宽敞空旷，但天窗没有窗帘；橘色的朝阳照耀在我身上，将我唤醒。谢天谢地，孟买的一天开始得还比较晚。接下来，我不断地给拉姆打电话。后来一位不会说印地语的女佣接了电话，用马拉地语告诉我，拉姆在医院。我猜想是不是拉姆的父亲生病了，毕竟老人家已经八十高龄。到了晚上，我终于与拉姆的父亲通了话，他把前因后果告诉了我，我说第二天就去 GT 医院。我不知道 GT 医院具体在哪儿，只听说在克劳福德市场① 附近。我小时候去过克劳福德市场，

---

① 克劳福德市场（Crawford Market）：位于维多利亚火车总站的北面，是孟买最大的购物市场。

那时候我很乐意陪父母一道去买阿方索杧果、龙头鱼，或者冒着酷暑，在扎维里集市（孟买的一个珠宝市场）的大街小巷里穿行，欣赏黄金首饰。第二天早上，我在这一带找到了 GT 医院——以前我竟然不知道这家医院。我走进一条车道，看见一栋毫不起眼的殖民时期的建筑物。孟买不了解我，但是，孟买的很多地方，我也才刚刚开始了解。穿过走廊，我去了重症监护室。看到许多家属坐在病房外的长椅上，一位穿着长开襟衬衣和灯笼裤的女孩正在读《圣经》，正读到希伯来先知塞缪尔的那一页。一位来自小镇的年轻实习医生告诉我，拉姆已经奇迹般地从死神手中逃了回来，简直不可思议。我深深敬佩这家医院，即使主楼梯熙熙攘攘，挤满了患者家属和祈求健康的人们，但是依然淡定冷静、沉着包容。

拉姆病情有所好转时，给医生展示了前一天《印度时报》对我的采访，附带一张照片，是我在卡特大道的阳光下眯着眼睛的样子。"真是好极了，"医生说着惊愕地抬起头来，好像看到了比医学报告更为稀奇的东西，"非常好。"

因为拉姆吸毒过量，两天后，被强制转到了精神病房，费用全部免除。这个过程轻松顺畅，令我惊讶。每个房间都保留了英国殖民时留下的长宽结构。病房里住的大多数人都是体力劳动者和工薪阶层。我去看望拉姆时，病房里的其他人都在安静地吃午餐。唯独拉姆没吃，他正在等待家里人给他送饭。我们坐在他的病床上，聊东聊西，对周围环境没有丝毫不适，真是奇怪极了，简直不可思议。虽然眼前很多古怪的事情，让我感到无比惊讶。比如，这里的每个人都穿垂到小腿的长衫。因为下午我有航班，所以待了二十分钟就离开了。拉姆站起来，身上的长衫病号服显得更加扎眼，别扭得很。我尽力无视，对此闭口不提。

我们很轻松就说了再见，过于轻松了，仿佛这是我们第一次考虑是否要彼此对视，但是想到一旦对视，这个可笑的病号服就会成为彼此铭记的最后一个画面，于是立刻打消了念头。

第十六章

　　达达拜·瑙罗吉路上的部分建筑物已有百年历史，人行道上和拱门下有许多商贩，到处都是高仿浪琴手表、廉价太阳镜和人造革钱包。当年出售录像带和录音带的商铺已被手机维修店取代。在离我较远的人行道上，有不少奇奇怪怪的人：一个小姑娘，骑着自行车从钢丝的一头穿到另一头；一个小男孩，在地上不停地后空翻；一群小玩意儿。一个跪着求生意的小贩，两眼漆黑无神，仿佛刚刚卸了发条，冷不防与我四目相对，一瞬间就活络了起来。

　　突然间，光线和噪声倾泻而来。我来到胡塔马丘广场，站在弗洛拉喷泉前，等待时机穿过马路。

　　我走到左侧，进入通向霍米和巴利瓦拉的废墟拱廊。我又有了新发现，例如，进入摇摇欲坠的拱廊之前，我注意到一楼阳台下面的墙面上描绘着花卉图案，位于直视不到的高度，好像故意让人看不见似的。为什么要画在人看不到的地方？我不得而知。也许是某个人的奇思怪想，就像科纳克太阳神庙^①的人物雕像，远远地排在小角落里，彼此依偎，仿佛是有意让人忽略一样。

拉姆深爱这些建筑。我们能够理解、表达这种爱意，充分说明了我们已然远离学校。小时候，只要路过弗洛拉喷泉，就意味学校快要到了，也预示着我们不可避免的凄惨日常。这样的日子一去不复返了。恐惧的神情和功能已然消失。两年前我和拉姆在孟买一家特色民族餐厅马赫西家园吃过晚饭后，去往教堂门，途中经过弗洛拉喷泉。在这座城市里人道主义已然意兴阑珊。我们愤愤不平地抱怨马赫西家园的价格高得离谱，价格直线上升的原因要归结于《孤独星球》的推荐。我们没有注

---

① 科纳克太阳神庙（Konark）：印度的太阳神庙，位于孟加拉湾附近的科纳克。由13世纪的羯陵伽国王那罗辛诃·提婆建造，是婆罗门教的圣地之一。1984年，被列入联合国教科文组织的《世界遗产名录》。

意到弗洛拉喷泉，转而去研究身后的建筑——转身时望见一轮满月，建筑在月光下若隐若现，分外好看。我对他吊了一些书袋："那是装饰艺术风格，明白吗？这里带有新古典主义元素。"饱览美景之后我们继续走向教堂门。过了红绿灯，拉姆指着对面中央电报局左边的哥特式建筑的幽暗阴影处说道："我一看到这些，心里就会有所改变，知道吗？"他向阴影使劲儿挥手，"这能带我回溯过往，改变生活！有时候我甚至会停下来，就为了看看那扇该死的门上的铁艺花样，真是太神奇了！"

*

　　拉姆今天的用词有些不同寻常。就像"改变"这个词一样，我并不完全感到惊讶，但的确注意到了。"变"意味着跨越形式，实现更改。我知道凡事可辨可察是一种幻觉。其实没有什么是一成不变的：拉姆也是，他今天穿了一件赤土色裤子，头发日渐稀少，看起来像一位朝九晚五的小职员；不再像三十年前那样清癯瘦弱，穿着蓝色牛仔裤，有着美丽但忧郁的脸庞；也不像在学校那般矮小内向，格格不入。我眼前的拉姆，已经不是以前的拉姆。他已经"变"了。

我们想象着这些黑色的栏杆，逐渐变尖变细，成为精致厚重的圆点，充满维多利亚时期的风情。我俩都是幻想家，需要跳脱出此时此刻的身份和地点。我们明白，自己心中激荡的，并非是对事物本身的渴望，而是对另一个时空的渴望。"该死，"拉姆说，"快来看看这个。"

班德拉，1986 年和 1987 年，也是我父母离开前的两三年。在 1987 年，我去了牛津。父母则搬进了那间小巧漂亮，面朝小巷的公寓的三楼。拉姆有时会过来和我一起住个三四天。实在没衣服换了，便披上我的白色圆领衫，他只比我高两英寸①，所以穿着很合身。他说，和我们在一起时，不喜欢用"利用"这个词。我们家讨论着离开这里的时候，他在一边旁观、窃听，但很少用各种方式说服我们。我有时会想，他什么时候会离开，这个穿着无领长袖衬衫的家伙。然后他回到马拉巴，我俩多日

---

① 英寸（inch）：英美制长度单位，1 英寸 =2.54 厘米。

不再联系，我也开始淡忘了他。

在圣西里尔路时，他和我经常吵架。不过也有和睦相处的时候，我们有时会在深夜看他带来的色情录像带；有时，在读书会上，他会耐着性子听我朗诵，这时的他显示出非常坚韧的毅力。

我们时常穿着白色圆领衬衫一起散步，走圣西里尔路，逛圣利奥路，爬巴利山，一路下来争吵不休，争论的焦点则是刚走过去的女孩是在看他还是在看我。"她是在看我。"我会说。"你以为她是瞎子吗？"他会回答，"她凭什么看你？"我在孟买的最后几年就是这样度过的，虽然浪费了不少时间，但又弥足珍贵。

我们停止了吵闹，开始凝视各种房子、教堂、墙面，还有基督徒建造的各种"小屋"和"别墅"。这些"小屋"和"别墅"都在一一被拆除，为其他高楼腾空间。以平方英尺^①为单位计算面积的地产，价值不值一提。"看看这个。"他说道。我们

———————

① 英尺（foot）：英美制长度单位，1 英尺 =0.3048 米。

停了下来，一声不吭，如饥似渴地张望着游廊、敞开的窗户、屋顶、棕榈树、摇椅。这是我们真正交流的时候；我们停止交谈，坦诚欲望——不是去拥有（这是不可能的），而是去想象。

*

晚餐后的一个晚上，我们习惯性地前往卡特路，前往那波涛滚滚的海角。无论白天黑夜，金雾公寓附近总有夫妻或情侣坐在这里，默默沉思；狗儿在他们面前，狂吠交配。

我们朝着佩里路前进。他指着天空中的一抹白色，仿佛这片月光显露了天空表面的污点，问道："看到了吗？"我眯着眼，尽力望向天际。"这就是银河系的尽头，是另一个宇宙的起点。这是微鲁说的。"他说。微鲁是一位年轻的电影制片人，涉猎环境学和天文学。我仔细查看，想确定那一道模糊的斑痕并非我的臆想。天空为什么如此明亮？

有一条直线或一层薄纱，分隔了时空，彼侧就是另一个世界。我们在圣西里尔路和卡特路上感受到它：天空中的一抹白色。

这次的旅行，也蒙着一层薄纱。

第十七章

薄纱之后是拉姆，我可以看到他。2011年的夏天，他再次出现。我打电话到他家，想和他姐姐说话，没想到是他接了电话："天啊！你什么时候回来的？我两个月前有给你打过电话。电话里一直说'您拨打的电话无法接通'之类的废话。我打算过两天再试试。"他在胡说吗？我这才记起，当时我在英格兰。他告诉我戒毒所有多可怕，他被殴打、软禁，我感到非常惊诧，对他的恐怖经历有些感同身受。"你是怎么出来的？"从学校离开后，我就不愿回到任何类似学校的制度里，这也是多年来我不太情愿找工作的原因。拉姆从来不喜欢上学，但常常怀念学校里井井有条的日子。"我每个月才能给姐姐打一次电话。""是的，我知道。""我告诉她这里的情况，跟她说，我已经受够了。""然后？""她和父亲把我保释出来了。妈的！
我想我应该投诉这里。"他没能完成长达两年的戒毒康复疗程，
提前三个月结束了牢狱之苦。

*

"你打算去卡拉吉达吗？"

他是指卡拉吉达文化节，每年一月他都会问这个问题。

我告诉他，我也许会在迪拜，可能去不了卡拉吉达。我耐
心听完了他的抱怨——过了大半辈子，不怎么习惯"清白本分"
的生活，又对生活毫无准备。从生活经验来讲，他只有十八岁，
但实际年龄已近五十五岁。我们改变语气，讲述着苦难如何毁
灭我们的生活。几天后我给他打电话：迪拜的行程已取消，计
划有所改变，所以我还是会去卡拉吉达。

"他们把我安排在阿斯托里亚酒店。"我告诉他，"那里
条件如何？"

这是一个不可思议的酒店名字。节日筹办方没有足够的钱
将你送到五星级酒店，但他们可以请你住在不同寻常的地方。

我可以要求去游艇俱乐部，但去教堂门的想法也很诱人。现在，我只想确定那里有没有老鼠。

"我知道阿斯托里亚酒店，"拉姆在这里是万事通，"在爱厄斯附近。没关系的，那里很好。虽然不是那么富丽堂皇，但是很不错，我可以帮你去看看。"

"还好就行，不必去看了。问阿里就行。"阿里是我们的校友，现在是一家酒店的经理。我记得他的"房子"。但我不太了解他，他跟拉姆一样，也是个康复的瘾君子。

第二天，拉姆打电话说："阿里说那里很好，虽然不像泰姬玛哈酒店那般豪华，但也是很不错的中端酒店，我可以去看看。"

抵达阿斯托里亚酒店的当天下午，我要立刻去见一位艺术史学家。我打电话给拉姆（他现在有了手机），说今晚晚些时候我才能见他。事情就是这样——拉姆在的时候，我不会事事以他为先。他是我在这里硕果仅存的熟人。他在的时候，我不用顾虑，他不在的时候，我才会牵挂。

这位艺术史学家是印度和波兰的混血儿，名叫拉迪卡。

她经常来孟买，我们在游艇俱乐部附近的一家咖啡馆见面，这儿的拱廊下面曾是吸毒者的聚集地，现在到处都是餐馆。咖啡馆里的人都很漂亮，让我心动，烤酸奶的价格也同样让我心动。

各种口味的酸奶盛在小陶碗中。我在飞机上还没正经吃过午餐，于是邀请她一起享用，她舀了一勺酸奶，上面淋淋漓漓浇着蓝莓酱。我告诉她我想参观孟买城市博物馆①，我总是听到人们谈起它。

"嗯，刚好我明天要去那里！"她比我更了解孟买，"所以我会错过您的演讲。"她不快地扬起眉毛，"我让他们换个时间，好像也不行，我还有一个会议。"

*

我没去参加节日庆典，但是我知道今天下午有几个朋友要举办读书会，地点离咖啡馆只有七分钟的路程。来自孟买各

---

① 孟买城市博物馆(Bhau Daji Lad Museum)：孟买最古老的博物馆，1855 年竣工。

地的人们聚集而来，在马克斯·穆勒大楼和韵律大楼之间的三角形地带挤成一团。拉姆的住处离这儿有十五分钟的行程。除了我的读书会，别人的他从来不去。

从咖啡馆出来后，拉迪卡和我一起漫步到印度门。我俩在此别过，她右转进入旁道，回到她下榻的精品酒店，那家酒店就在阿波罗码头后头的小路上。我继续沿着海滨走向无线俱乐部。虽然我离拉姆住的地方并不远——先右转，再左转，会有一栋楼跃入眼帘，一楼挂着佳乃喜摄影工作室的标志。我给他打电话，约好七点在阿斯托里亚酒店见面。

当然，拉姆在过去的四年半中发生了很大变化，他回来以后居然用上了手机。他会熟练操作这个小玩意儿，而且形影不离，让人不可思议。我几乎不再打他的固定电话，之前每次给他打电话，接电话的总是守护在家的父亲："是的，拉姆刚刚出去。""拉姆正在睡觉。"我有一部智能手机，是妻子逼我买的，为此我还怪她，因为我对手机既依赖，又厌恶。

我们的父亲都去世了。我父亲两年前去世，我在此度过的往昔时光，都是父母的杰作，不属于我。拉姆的父亲上个月去世了。他跌倒时导致髋部骨折，不得不进行手术，术后短暂醒来，又很快陷入昏迷。当时他向家人大喊大叫，坚持马上回家。作为儿子，拉姆决定切断维持父亲生命的呼吸机。"他的大脑已经死亡，"拉姆告诉我，"他已经死了！"他看上去既失落又叛逆。

在阿斯托里亚酒店过夜的行李中，有一双绑带皮凉鞋，限量版的，我必须依照这个款式，再买一双新鞋。穆纳在电话中向我母亲暗示，这种特殊款式的绑带皮凉鞋已经绝迹。但她并不感兴趣。膝关节手术后，她几乎无法独立行走。她对绑带皮凉鞋的热爱是一种矢志不渝的追求，与其说是一种需要，不如说是个人风格的体现。穆纳对这一点毫不怀疑。

*

回来的路上，我无视自己的直觉，在贾汗吉尔美术馆门前蹚入了人群的洪流。他们来这里是为了看装置艺术，而我是想走到韵律大楼。那里马上就要关门了，如果错过这次，我可能就没机会过来了。我跳出参加节日庆典的大军，推开玻璃门。小时候看到的景象，依然历历在目。场所一旦改头换面，我会很难回想起原先的模样。我记得韵律大楼有一大摞唱片和摊位，我和朋友们常来蹭音乐听，但从来不买。二十年来，这里一如既往地朦胧迷离。我的回忆主宰着这片 CD 巢穴。我以为里面会有一大群人抓住最后大清仓的机会来扫货，却发现，这个巢穴半明半暗，已经无路可通。

生命总是令我困惑迷惘，因为时间总是匆匆奔向遗忘。你认为理所当然存在的许多事物会不断消逝。之前闻所未闻，以为绝无仅有的事物却在日益复兴。在韵律大楼里听过的所有歌曲，我都在 YouTube 上找到了，甚至更多。龙头鱼突然成了我生命中的一部分。十年前我才听说的特里什纳餐厅，现在成了我在孟买每次必去的朝圣之地。

第十八章

我把包放在房间，离开了酒店，没来得及细看一下房间，但感觉还不错，木质的地板（或者是油毡）和厚重的白色窗帘，弥补了没有风景可看的缺陷。

我想在这里下榻，因为这是一座装饰极具艺术风格的建筑，也因为这里是教堂门。我无法想象在教堂门过夜意味着什么。

我请拉姆来我的房间参观。他上了电梯，虽然房间在一楼，但是走不了楼梯，电梯管理员叫你进电梯，你往往会服从他的命令。

"这正是我预想的房间的样子。"他站在床边，尽职尽责地环顾观察着。他的头发比上次更稀薄，看起来妥当体面。

"很不错。"

"嗯，还行。"我附和。

我们转身离开房间，穿过走廊，走出客房区，这才意识到这里是酒店。我们选择了走楼梯。还没开始向下走，我们就开始讨论起楼梯来。

"见鬼，"拉姆说，"看看那个地方！"

我明白他为什么激动。这里有一块开放的空间，昏暗而澄澈，与我们此刻心中感受到的轻盈欢快不谋而合。

"现代建筑中，哪里还能看到这样的设计？"他满腹牢骚地和我说道。

距离吃晚餐还有一段时间，走向海滨大道时，我们注意到周边有不少餐厅。小时候，我从未在一天中的这个时刻——在落日的余晖中——出现在这条大道上。出于某种原因，我感觉自己就住在附近，就像在这里住了一辈子似的。对教堂门怀有的归属感，并没有冲淡我与教堂门的邂逅。"看那个！"只见K.拉斯托姆父子店里，人们如同幽灵般聚集在此，吃着冰激凌夹心威化饼。"我简直不敢相信。"拉姆说。我以为这家店早已化为尘封的历史。不知道为什么，这滋味竟然与我们记忆中的味道完全一样。

我们路过海湾比萨店，过去这里曾是"海湾爵士大世界"，这家比萨店还开在城市谈判大楼里时，我和父母去过。我记得，我小心翼翼地看了一眼那对踮起脚尖跳萨尔萨舞的舞者，他们的眼皮金光闪闪的。但那以后，我只从车里看过几眼这个地方。我们过了街，来到海边，背对大海坐了下来，不去烦扰左边一群穿着 T 恤的男人，也避开了右边的穆斯林夫妇（他们一定是穆斯林——那个女人真是纤细迷人）。

我们端详着眼前的两座宏伟建筑——城市谈判大楼和伊朗航空大厦。我们背靠护栏，支着身子，分辨这些建筑的风格，讨论装饰艺术中的各种曲线与直线——并非因为这诠释了什么，也不是因为这有助于我们更加理解自己的喜好，而是因为谈论喜爱的事物总能让人心旷神怡。

拉姆一边听我讲，一边"嗯哼"着，表示认同我说的话。

不久前，我们坐车前往纳瑞曼商业区时，向左望了一眼，

才注意到海滨大道的房屋——我当时是去制订前往加尔各答的
计划。 拉姆离开可怕的阿里巴格戒毒所，已有两年（他从来
没有想过能逃出来），他在自己厌恶的城市中，开始了全新生
活，也用全新的眼光来看待这里。"多美啊！"他说道，眼见
房子飞快地掠过。我们凝视着车辆左侧的弧线，无视大海，仿
佛眼前的景象支离破碎，全无关联——仿佛房屋建筑才是此处
生活的关键。当我全身心注视时，一种压抑的情绪油然而生。
我突然说道："看那些窗户。""嗯？"然后他也看到了，"他
妈的，你说得对。"铝合金窗框架取代了原先的传统窗棂，这
样就无须费劲推开窗户了。"真是见鬼。"他郁闷地嘟囔，就
仿佛我们自己轻盈飘逸的一部分，也被挡在窗外了。我们愤愤
不平，一时陷入了沉默，在接下来的五分钟里，默默凝视着一
扇扇铝合金窗框不断快速倒退而去。

第十九章

我们不是游客，所以很快就对这里失去了耐性，于是离开护栏，往教堂门方向走去。

我强烈要求去要吃帕西风味小吃。拉姆并没感到惊讶，且照做了。"我们在哪儿能找到帕西食物？"他大叫着，仿佛我们置身于沙漠中央。但他不是一个轻言放弃的人。"体育场餐厅，"他说，"那儿既便宜，又美味。他们也有帕西风味食物——沙律僵尸①、怕特辣努马琦②。"我们哈哈大笑。这些

---

① 沙律僵尸（sali boti）：一种类似于肉酱烩土豆的食物。

② 怕特辣努马琦（patra nu machhi）：芭蕉叶包鱼。

名字本来就很好笑，经他这么一说，显得更逗了。但我们高兴
得太早了——体育场餐厅仅在周二供应帕西食物。我们一时茫
然无措，继续往弗洛拉喷泉方向前行。我们不想在马赫西家园
吃饭，但我也不希望他这样漫无目的地闲逛。三个月前他得了
黄疸，切除了部分肝脏。"我非常好，"他说，"我现在胃口可
好了。"最终，我们还是在马赫西家园坐了下来。拉姆不想一
起吃大份腌烤鲳鱼，我就要了一份小的，比中等略小的一条。
他要了一份烤拉瓦斯鱼。我们都觉得扁豆汤十分鲜美。我只喝
了几勺，剩余的全被他喝完了，他要是兴致上来了，十头牛都
拉不回来。

　　孟买，一座永不疲倦的城市。但是，回到教堂门口附近
的阿斯托里亚酒店时（他的摩托车停在这儿），拉姆已经疲惫
不堪，颓然躺在一排美丽的绿色长椅上。你平时可能不会注意
到，是这些长椅装饰了那条通向爱神厄洛斯雕像的小径。现在
十一点了。我拍了一张他的照片，发给妻子，分享一下这个瞬
间，也留下铁证，说明我一直都规规矩矩。从我的这一行为可
以看出我是没什么机会胡来了。智能手机的拍照功能很不错，

我在弗洛拉喷泉和教堂门之间的夜色中捕捉到了拉姆的影像，他正面无表情地盯着我。之前，圣诞节的时候，我和妻子一起自拍过一次。今天是我第二次自拍——我和拉姆的。我半张着嘴，试图让手机与脸保持一定的距离，然后猛戳手机，看上去就像在戳一个死去的东西，看它是否会复活。拉姆微微一笑，仿佛被某只珍奇的野生动物逗乐了。尽管这是孟买，炎热的气候从未改变过，但此时我却感到阴冷不适，觉得需要保护嗓子：拉姆借给我一件灰色的无袖毛衣，我穿上后看起来就像在衬衫外涂了一层泥。回头妻子肯定会问我穿的是什么。

*

只有醉汉才会盯着雕像看。但此时，我们却一边走近爱神厄洛斯雕像，一边对雕像评头论足。在夜晚，假装它们存在，是更不可取的。那些狗每天都跟这些雕塑打照面，谁又知道狗对雕像做了什么？此时拉姆恢复了体力，而我们离酒店也只有几分钟的路程了。我从来不喜欢守夜的雕像，主要是因为太逼真了。现在我们准备给它们留一点儿时间。"这个大叔是谁？"

拉姆打量着一个身穿长袍，头戴遮阳帽，有着海象般胡子的男人，大声问道。任何以这种方式纪念的伟人，在他看来，都是帕西人。"这傻蛋一定为孟买做过很多事情。"他说，"我们今天需要这样的人。"这不是帕西人，是印度人，马哈德夫·戈维德·拉那德①教授。抛开像其他雕像一样的高傲不屑的表情，他真的很像外国人。怪不得拉姆觉得他是帕西人，确实很容易弄混。我们并没有喝醉。自从拉姆离开阿里巴格后，几乎没有碰过酒。我们清醒地向这些不再属于、也许从未属于过孟买的人物表示敬意。我们离开拉那德雕像正面的椭圆形广场时，瞥见了阿斯托里亚酒店。

---

① 马哈德夫·戈维德·拉那德（Mahadev Govind Ranade, 1842 - 1901）：印度著名的社会改革者、学者。

第二十章

我睡着了，深深地、安稳地睡着了。阿斯托里亚酒店就是我的家。我发现自己对拉姆说了两遍："哦，我该回家了。"我听说身处异乡的其他人，到了晚上也会说同样的话。当然只是偶尔，并非总是这样。这就是"家"的意义所在：夜晚返回的地方。

巡回售书会有挺多好处，不一定与活动本身有关。对我来说，能在教堂门睡觉，就是好处。这里没有一丝杂音，隔音效果好极了。明天起床，我要步行到亚洲商店，买一些抗酸药。

我是家庭型的男人——我不想形单影只。假如我还是单身，我会喜欢住在旅馆的房间里，而不是住在公寓或大房子里。真是奇妙。我觉得生活在城市中心的某个特定空间里真是

乏味。有时候我会冒出在阿斯托里亚酒店长期生活的想法，我
想这是可行的，一度差一点儿实现。十年前，我与妻子下榻游
艇俱乐部时，可以听到隔壁留声机播放的音乐。服务员告诉我
们，一位男士已经在那里住了很多年了。记得我当时很好奇他
的生活是什么样的——当然是纯粹的幻想，但我也是一个幻想
家，并且意识到，只要稍微做一些改变，过上他那样的生活，
也是可以的。我从未见过他本人。这就是入住俱乐部或酒店的
美好之处：你和邻居之间，彼此相互隐形。以前，有个庞普尔
老伯，住在沃德豪斯街的巴克利法院，一张床，一份早餐，对
他来说足矣。我从小就希望毕业后能和他一样，独自起居。就
像我从马拉巴山的第十二层阳台可以看到的外屋。现在，巴克
利法院和庞普尔老伯都已经不在了，但外屋依然还在。

　　我的访谈安排在四点钟，标题是"专业化批判"。一点钟，
我去韵律大楼后面一栋高楼的顶层，进行在推特上互动"聊天"
的宣传活动，结果只有坐在旁边的两个组织人员藏在幕后操纵
着推特和我"聊天"。我们快速地交谈着，浪费了四十五分钟，
聊天还没结束，我便站起身来。他们对我的唐突行为颇感震惊。

三点半，在我即将举行活动的图书馆里，我发现一个人——拉姆。我们找了两个纸杯，将它们装满甜饮，站在大卫·沙逊①雕像旁边，边喝边聊。雕像非常精致，比起犹太商人，它看起来更像阿拉伯先知。穿尼赫鲁夹克和牛仔裤的人纷纷开始聚集。一两个人抽完香烟后走向花园。我的活动方主席光彩照人地走了进来，之前我从未见过她。她的莎丽裙简单而醒目，酷似罗斯科②的抽象画作。我们相互点头致意，登上讲台。她向在座观众介绍我之后，随后转身离去。我尽可能鼓起对专业化现象的愤恨情绪，用讽刺的口吻阐述这个议题。听众席的四周摆放着蕨类植物，我想我看到了拉姆。我不确定两个女人背后的那个人是不是他，他坐在阴影里。演讲结束后，他再次出现，耐心十足的样子活像婚礼上的家属。我的安排十分紧凑，在一

① 大卫·沙逊（David Sassoon, 1792－1864）：孟买商人、孟买犹太人社团领袖，1817 年到 1829 年之间任巴格达首席财政官。

② 罗斯科（Rothko, 1903－1970）：美国抽象派画家，生于俄国，十岁时移居美国，曾在纽约艺术学生联合学院学习，师从于马克斯·韦伯。他最初的艺术是现实主义的，后尝试过表现主义、超现实主义的方法。后来，他逐渐抛弃具体的形式，于 40 年代末形成了自己完全抽象的色域绘画风格。

小时内就完成了小组讨论。周围人声鼎沸，主席、她的侄女、拉姆还有我一致认为，此刻去卡拉吉达艺术区①喝茶比较好。我们穿过街道，汇入狂乱的人群，然后在特里什纳附近的狭窄小巷中现身。我们溜进一家别致的咖啡店，找了一张空闲的桌子，却发现拉姆不见了，他去哪儿了？我环顾四周却没发现他的踪影，于是又回到街上去找他。他消失了，但我希望他一会儿会再次出现。我喝着薄荷茶，和大家分食松饼。直到晚上，拉姆才和我联系。"我感到很累。"他说。语气中没有责备，只有困倦。他是真的身体疲惫吗？还是因为有其他人同行？不过都无所谓了。"她很漂亮。"他补充道。"谁？""和你说话的那位女士。""哪一个？""艾蕊，台上发言的那个人，真的很美，谈吐也很优雅。"我想起她的样子来。那天下午的时光早已匆匆流逝。在孟买，夜幕总是比其他地方降临得晚些，但夜晚又是如此的明亮，让白天消退无踪。

---

① 卡拉吉达艺术区（Kala Ghoda）：孟买的艺术文化中心，汇集了众多的博物馆、艺术馆、画廊、书店和艺术机构，其中最著名的包括威尔士王子博物馆和贾汗吉尔美术馆。

第二十一章

美好的小住时光就要结束了。早上，我退了房，把我的小包托付给接待员。

拉姆和我乘出租车前往马拉巴山，去买酸辣酱三明治，准备在飞机上吃。这是拉姆提醒我的，他本打算骑摩托车带我去，我拒绝了，他也默默地接受了。他还可能会再提议一次，但我认为，他应该节省体力。

海滨大道两边阳光普照。拉姆坐在我的右边，一只手搭在座椅背上。我喜欢拉姆这种随叫随到的感觉，不只是随叫随到，而是时刻准备着，陪伴我的每一次孟买之行，直到我从机场离开。这也让我忧虑。和他在一起时，我总会有一种一点一滴地失去什么东西的感觉，不只是岁月流逝。他变了很多，我或许变得不多，但这个过程，在以前是积累，是稳步的聚积，现在却成了流逝，一点一滴地向外渗漏。我说的变化不是指字面上的意思，若说真有什么变化的话，只有他的体重增加了。几个月前，我在加尔各答打电话问他："你今天有什么计划？"他停顿了一下，然后说："没有计划，顺其自然。"这就是我所说的一点一滴地失去，看似平静无声，实则已经翻天覆地。自从他父亲去世后，他的收入不容乐观，我不确定那些钱还够他撑几年。他们卖掉了自家的"工厂"。一年来，他一直在考虑重塑自己。他乐意做一名孟买的导游。"这些导游没念过多少书，"他说，"英语水平还不如我。"这是真的。他们对这座城市、地区、街道，也没有拉姆了解得多，而且拉姆对这里有着自己的见解。这种感觉他也是最近才意识到，他想将此作为自己的优势，从头来过。但这并不容易。他年纪大了，无法从零开始——虽然他有一种气势，掩盖了缺少经验的事实。此外，他还会在戈拉巴居住多长时间，尚无定论。他和姐姐一起住在那套公寓里，他们长期支付租金。如果要搬家，又得经过一番折腾。拉姆的父亲过去时常建议他们，把剩下的钱拿到郊区做投资，尽管拉姆那时讨厌戈拉巴，却极力抵制这种做法。

这是他的一个明智决定。

　　有时我到店里，才发现三明治已经售空。今天很幸运，还有许多剩余，所以我买了四个。三明治很薄，要不是黄油把面包片粘在一起，可能就变形了。我还买了两个炸鸡肉丸子——我对自己买这个也感到吃惊。拉姆提出抗议，如果他父亲还活着，他也会想买点儿什么。他骨子里是个传统购物者，时刻留意食物的鲜度和外观。

　　虽然我们早就不再上学，但依然会不自觉地朝学校方向前进。我们绕过俱乐部，前往小吉布斯路的时候，发现自己正在朝学校方向走去。我们本能地放慢脚步，发现学校旁边的哥特式建筑是一座教堂。假设这是我们的母校（尽管我们讨厌学校），我们吓唬门卫，逼他放我们进去，其实不用逼，他也会让我们进去的。我们像小学生一样进了教堂。当年在学校里，唯一让我们感觉自己像主人翁的时候，就是在课余时分，心情轻松地在空荡荡的教室里走来走去的时候。我们就这样探索着教堂，带着不再拥有所有权的放纵心情。其实教堂面积太小，没什么可探索的。那些从孩提时代就已熟知，但是从未掌握的词汇——长椅、祭坛、高坛隐隐重现，令我悸动不已。拉姆是半个基督徒，他会去教堂参加葬礼。但是吸引我们寻觅张望，闲逛游荡的是历史。历史总是近在眼前却无人觉察，直到你猛然间看清为止，就像我们现在这样。

*

"好了，走吧！"

我突然想起该走了。我们还要去吃午饭，然后再去阿斯托里亚取包。

"空中花园呢？"我摇摇头，我们没时间了。出发去机场之前，我想赶快到国家现代艺术馆（NGMA）看看。

两点半，我让司机来 NGMA 接我。我不由得回忆起刚到这儿的时候遇到的怪事：他们把我放在阿斯托里亚酒店，却派一辆白色的奔驰车来接我。当时来接机的车辆后备厢上有一个牌子，上面写着"欢迎阿姆贾德阿里汗归来"。司机不知道 NGMA 在哪里。"好吧，你知道皇家电影院吗？""是的，先生。""我就在那前面下车。中途要在阿斯托里亚酒店停一下。"

　　我们经过多个红绿灯，才到达电影院。我们在影院的台阶上坐下。二月的微风将我的头发吹得有些凌乱。我整理了一下头发，刚弄完就听见保安说要所有坐在台阶上的人离开。我们只好乖乖地起身听命。两名欧洲妇女很不情愿地遵从保安的指示离开了。我们远远地望着埃尔芬斯顿学院灰色和棕色的屋顶，这是独立战争时期遗留下来的深褐色建筑物。

　　"这就是我不想离开戈拉巴的原因。"他坦承道，忘记了自己曾经多么憎恶这里。他从未来过这所教堂，此刻望着教堂高耸的塔尖随脚步渐行渐远。也感到难过，不是因为我将离去，而是因为不知道什么时候才能再与孟买重逢。并不是因为我要走了。也许是这样吧！

第二十二章

　　我没料到会这么快就再次见到孟买，还有拉姆。原因挺没意思的。才刚过了一个月，女儿的年度考试结束了，妻子心血来潮，强烈渴望着离开这里的一切——"一切"指加尔各答。"去杰伊瑟尔梅尔吧。"她说。二十年来，她一直跟我念叨着拉贾斯坦邦——要带我去领略要塞、宫殿、神殿、棕色的地平线的风采。但我对历史很抗拒，我想自己当时并不配合。"你疯了吗？你知道那里有多热吗？"我对孔雀也毫无兴趣。

　　结果，我们的女儿觉得去孟买还行。毕竟有各种商店、电影院和咖啡馆。孟买，恰恰是历史的对立面。"显然这一次你不需要再找什么借口了。"妻子说道。想到孟买商店林立、橱窗琳琅的情景，她立马振作起来。"知道吗？"我说，"我们可以住在泰姬玛哈酒店的旧楼。我会恳求人家给我们打个折。"
她盯着我看。我从来不在酒店方面花费很多钱，因为费用都由
出版商和文化节的举办方负责。假期节日与读书会相结合，就
能得到折扣礼包。我从未住过泰姬玛哈酒店旧楼的房间。从来
没有任何理由或者机会。

　　我恳求经理给打个折扣，并竭尽所地能给经理留下好印象。
"您知道吗？ 11 月 26 日后我还为《卫报》写了一篇关于泰姬
玛哈酒店的报道呢！" "我明白了，先生。"他郑重说道。我继
续厚着脸皮说："其实，我的第五部小说中也描述了泰姬玛哈酒
店。"出于体面的考虑，他给了我一间海景房，当然，费用很低。
　　出游计划仍然是个秘密。我没有告诉女儿，想给她一个
惊喜。但我岳母和她在一起时，把消息透露给了她："听说你
要去住泰姬玛哈酒店啦！"我女儿也忘了提起这件事。所以，
后来我告诉她时，才知道原来她已经知晓。除了拉姆，我几乎
没告诉孟买的任何人。我不想让加纳尔德罕接管这次行程。这
是纯粹的假期。我和妻子决定不告诉外界，别人最好不知道我
们要住在一个豪华的地方。不然，肯定会对我们不利。

到现在为止，我手头正创作的这本书进展很顺利，内容是关于孟买的。我已经写了一年。

我告诉妻子："这不是我的假期。这是一次采风研究之旅。"众所周知，在印度没有一部小说受到重视，除非对其进行大量的研究。这次下榻泰姬玛哈酒店，将是我采风研究的一部分。下楼是采风研究，外出看海也是采风研究。

与此同时，因为我正在写作，所以我也正在思考孟买。我想到了拉姆。我认识的拉姆和我笔下的拉姆已经变得相存相依，不可分割。孟买也是如此，我感知了解到的孟买和我用文字描述的孟买也是如此。我通常就是这样开始创作小说的。这是一种融合。我的生活以及生活中的事物促使我写作，而写作又不仅仅关乎生活，更是一种生活方式，二者同时并举。

我还没读过这本爱丽丝·门罗① 的小说《青年时代的朋友》，

---

① 爱丽丝·门罗（Alice Munro，1931 － ）：加拿大女作家，2013 年诺贝尔文学奖得主。以短篇小说闻名全球，入选美国《时代周刊》"世界 100 名最具影响力的人物"。其小说 *Friend of My Youth*（译为《青年时代的朋友》），出版于 1990 年，获 Trillium Book Award 崔灵奖。

但是我喜欢这个标题，因为它暗示了一种可能性。只要可能性得以落实，我会像着了魔一样不断回顾。作品已经变得无关紧要，我内心的作者取代了读者，我对小说情节发展的早期预感将会主导小说本身。正因为如此，我囤积了大量的标题和段落，但这些都没有坚持到底，变成完整的作品。我第一次看到爱丽丝·门罗写的这部小说的标题，就爱上了它，当时我并不知道，有一天我会想写关于拉姆和孟买的故事。拉姆仍将消逝，意外痛失亲人的感觉仍将到来，就像 11 月 26 日的恐怖袭击一样。这个标题仿佛感知种种事件将要发生，也预知事物彼此相向而行，必然在中途相遇。

　　这本书是一部小说，我很确定。小说的标志是：作者和叙述者不是一个人。即使二者碰巧名字相同。叙述者的观点、想法、观察，实质上是叙述者的生活——完全属于叙述者自己。叙述者可能由作者创造，但对作者自己来说也是一个谜团，其言行举止的来源从来不是一览无余的。

第二十三章

我们下午抵达泰姬玛哈酒店。

这家酒店,我十几岁时有意想避开它,后来它又几乎被毁。这是打开我记忆的钥匙,就像本杰明提到的"当初好好的日子",以及"珍稀脆弱的古董"——但又不完全是。

我拿了三把钥匙,类似于旧式的钥匙,但是像钥匙部分是无用的,钥匙环上才有开门的芯片。

我预计,我们一旦入住酒店,就再也回不去了,人必将被周围的环境融合。一名男子领着我们来到了房间,酒店里有些过道错综复杂,位置分布只能全凭猜测。经过阳台时,我看到错综复杂的楼梯从三楼盘绕而下,三楼正是我们房间所在的地方。

我盯着那个人，看到他把钥匙环轻轻地拍在门锁上，门就开了。

首先映入眼帘的是一个小客厅，左边有衣柜和存储间，右边是浴室。

其余是房间的起居部分，床铺、桌子、椅子、电视，还有灰白的窗户。窗外是白茫茫的大海；我靠近窗户，发现印度门就在我的左肩处，我的正前方是海滨大道与一片汪洋。

拉姆家到这里只需要步行十五分钟。我知道他无所事事，只等着我打电话给他。我相信他不忙。我只是担心他在不在，是不是出门去了。"我们到了。"我说。"啊，粗犷的王子！来自智慧之都加尔各答！""那你呢？"我问道，"你在洗手间忙个不停的时候，我打扰你了吗？""我还在忙呢。"他用悲伤的颤音说道。"你什么时候到酒店？"他显得闷闷不乐，"你说吧。你应该还要和家人多待一会儿，不是吗？""不，不，他们想见你！"对妻子来说，拉姆是必不可少的角色，是我的童年逸事，这是无可逃避的。对女儿来说，拉姆是意义不明的老旧幻影，初次见到他的时候，女儿还在襁褓之中。我不确定她是否会注意到拉姆，或者我们中的任何一个：她总在忙着打电话。"我要在大堂里等吗？""是的，我想酒店的人不会让你上电梯。"

二十分钟后，敲门声响起了。是拉姆，真不知道他是如何避开保安的。他的穿着非常得体，就像一个正要去上班的人。

拉姆高声向我们问好，假装威胁女儿，勒令她放下电话，他的直率逗得女儿咧嘴一笑。

"房间真漂亮啊！"

留下房间的代价可是惨痛的。我们沉默下来，立即顾左右而言他。

"看看这扇窗户！"我急切地召唤他。

"为什么？莫非上面有血迹？"

"是让你看看它有多古老。"

我指向隔壁的房间。他埋下头去看。木头虽然有开裂的痕迹，但依然相当牢固。我上次看到这样的窗户，还是在威尼斯。有时，观看陈旧的事物，不是为了发现过去，而是为了看到其中蕴含的力量。

第二十四章

早餐由海洋休闲吧供应。我们走下两层楼梯，在一扇门前停下来，这扇门将一楼与客房分开。一个穿制服的男人开了锁让我们进去。这门是个纪念碑，根本不可能阻拦那些决定入侵上层房间的歹徒，但是开门所需的时间是有意义的。

海洋休闲吧里，西式早餐和印式早餐都是热气腾腾的。牛角面包、丹尼斯糕点挤满了盘子。不仅每一个细节都得以修复——食物提醒你，这里没有什么是腐旧的，全部都是崭新的，绝无可能回到过去。但是，修复碎片的艰苦努力也同样清晰可见。花瓶丝毫未损，面包一动未动，我用钳子夹起一个面包。

我和酒店讨价还价，坚持要一个靠窗的桌子，起初没有

成功。但是，从第二天早上起，经理就让我们坐在了窗边。我
不知道他是怎么做到的。女儿和妻子面对面坐着，我拉起一把
椅子，看着她俩，面向大海。

第二十五章

城市是有限的。

我并没有忘记拉姆在 1986 年的那些日子里经常"偷溜"——提醒我注意看银河系在夜空中渗出的光斑。天空就像一块我们看不透的黑玻璃。因为拉姆习惯在阳台上透过窗户眺望，所以我们立在阳台上，伸长脖子仰望星空。

拉姆是孟买的一部分。尽管他身体不太好，但我仍然这样说。他的肝功能不太好，长达多年的注射穿刺肯定会产生后遗症。"我的胃口很好，耶！"他宣告说。他还活着。

他把我、妻子和女儿看作一个整体，并不过分接近我们，只是看看我们在一起是否快乐，家庭关系有没有什么障碍。这次旅行没有文学上的事务让我分心。我也留意着他。他还活着。
幸福会来得晚些，如果有的话。

他想向我的家人表达好意。

"我可以带些糖果吗？普兰玛尔的糖果？"

"不，她们不感兴趣。"我女儿的饮食习惯很怪，我妻
子根本不吃这些。

他停住了，好像有人找他问路，他正思考着要说什么。

他狡猾地对我的妻子说："如果你有什么想去看的，请告
诉我。我可以骑摩托车带你去。"他的导游角色重新上演，再
加上旧式浪漫倾向。以前在学校，他很受女孩子欢迎。上大学
时，他骑着摩托飞奔，让女孩子们坐在后座上。他从未真正回
应过她们的感情。然后，他消失了多年，只在神志清醒的时候
才与女人接触，女人对他来讲，都是别人的妻子。

她满面笑容。是接受他的提议了吗？

"你见过阿富汗教堂吗？"

"当然，"我说，"在军营里，我以前很喜欢军营。"

那是在 1980 年。我们搬到了卡夫高档街区。我的父亲已经成为 CEO。我讨厌卡夫街区和自家的四卧公寓。军营离我们住的地方不远，是在一个由军队建造的牧区。我们去那里以逃离卡夫街区的气息。进入牧区五分钟后，你会看到唯一的地标——阿富汗教堂。

"可是你有进去看过吗？"

到教堂里面？我从未动过这个念头。这就像进入一间你小时候从未打开过的房间一样。

妻子一早想去肯普斯角的当代工艺美术商店——看看店是否还在。拉姆催促我们去参观教堂。我们叫了优步的预约车，他坐在前排。建筑物对面喧嚣的路边摊逐渐被纳加尔海军基地替代（我无法解释为何自己总是称之为"军营"）。自 2008 年以来，这里开始受到管制。恐怖事件发生的那天，许多手持 AK47 的歹徒，在附近的渔人聚居区下了游艇。他们当时是如何面对、避开一头雾水的渔民的？场面似乎有些滑稽。虽然现在有管制，但我们仍然可以进入教堂。

我喜欢孟买的教堂。小时候，我把它们和学校混为一谈，

我觉得自己脱离的是教堂。1985 年，我和拉姆一起去过两次
马希姆的一个教堂，参加匿名戒毒组织的集会。以前，英国的
教堂从来不能吸引我，因为那里让我觉得阴冷潮湿。现在，说
到教堂让我想起的依然是阴森暗影，还有石头上的脚步声。在
英国，只要有必要，教堂会负责管理本地所属街区。在这里，
教堂代表了一百年前或更早的历史旅程。在这儿，我们的旅程
是短暂的，接下来就出发去当代工艺美术商店。

　　我们漫无目的地闲逛着。只有我的女儿十分专注，试图
捕捉手机信号。街边有许多房屋的大门都是紧闭的。拉姆看到
一个人鬼鬼祟祟地四处溜达，一问才知道原来是看门人，来回
走动只是因为无聊罢了。"来吧。"他郑重其事地说。我们以
为他想要钱，但实际上他对报酬漠不关心。

　　他开了门，我们和阳光一同进入了教堂。教堂比我预想
的更加深阔高远。大堂尽头的一端有许多彩色玻璃窗，描绘着
启示录的种种场景，色彩明艳绚丽有如彩虹，宏大瑰丽，令人
惊叹。

　　我原以为阿富汗教堂一定是为阿富汗基督徒服务的，无论教徒身份地位如何。我对这座教堂的实际意义一无所知：这座教堂是为了纪念 1842 年在阿富汗牺牲的英国人。我仔细阅读纪念碑上的名字，妻子、女儿、拉姆则聚集在碑石前，抓住机会愉快地拍照。周边的奇幻氛围一下子就打了折扣。照片是前往某地一游的记录，而我们的行程无须记录。我们不想了解太多，即使是关于教堂的情况。拉姆和我不耐烦地浏览了一下游客须知。他从来没有耐性地一次阅读超过一页。梦想家天生不是读者，很容易变得焦躁不安。

第二十六章

　　旅程的倒数第二天，我们十一点钟才见面，那时妻子正在试着学游泳，女儿独自一人在房间里玩手机。拉姆把摩托车停在与泰姬玛哈酒店成直角的一条小道上，从旧大门入内。酒店的旧大门一年前是关闭的，现在则有一小拨安保人员把守迎宾。我在阴凉处等着他。我们想在我妻子出现之前赶快散一会儿步。拉姆和我之间有一种默契，知道我们以后再也不会见面了。我们什么都没说，什么界限也没划。或许还能见面，但我们不愿意。不是我——是他会找各种借口。我回到家人身边时，他会悄悄离开。

　　我们曾有多少次在这条海滨大道和小巷里面走过！对于

拉姆来说，这个地方变成了诅咒——他住在这里，却从没有真正地"生活"过。但是五年前他发现，能够身处这里就是幸福。一旦你在泰姬玛哈酒店附近散步，就会意识到，虽然这里的一排排住所和小旅馆看似没有太大变化，但是其实一切都变了。

阿波罗码头这个地方很适合做白日梦。十七八岁时，我经常到这里来，在印度门附近闲逛，还会面朝泰姬玛哈酒店，坐在栏杆上，但屁股从来没敢坐太靠后，怕掉进海里。那时我会一个人来这里。当时的我，总是独来独往——甚至一个人去看电影，真是丢脸。在阿波罗码头，我眺望着茫茫的人群、滔滔的流水和返航的蒸汽船，一种想把自己抽离的渴望油然而生。这种幻想后来被我写了下来。我买了一本蓝色笔记本，写下一个故事的开头（那时我几乎不写散文），写的是一个男人，来到阿波罗码头，远眺大海，想忘记自我，开始新生活。开头之后，再无进展，因为我对开头太过入迷，没法进一步往下写。

第二十七章

我们一起离开，向右转，再向右转，然后继续前进，途中路过他的摩托车时，他对摩托车颔首致意，颇有点儿老族长的风范。等红绿灯的时候，我们停下来，讨论斯蒂夫勒酒店在哪儿。

我们前面有一座殖民时期的房子，看上去像一栋鬼屋，就像诺曼·贝茨①的家一样。在嬉皮年代非常有名。拉姆指向一家其貌不扬的盒子式酒店："那就是斯蒂夫勒酒店。"我摇头，表示不同意。不会已经拆毁了吧？盒子旁边的酒店倒像是斯蒂夫勒，但是名字不对，保存得也很好。我们进入盒子式酒店的

---

① 希区柯克导演的悬疑恐怖电影《惊魂记》的主角。

通道，打开大门，走向接待处。在这里，我们与一位态度粗鲁、脾气恶劣的酒店经理徒劳地聊着天。他对我的兴趣非常不满，虽然开口闭口叫我"我的朋友"，但很明显心里希望我们赶快离开。他坦率地承认隔壁就是斯蒂夫勒酒店。

我们对嬉皮士及其带给戈拉巴的革命感到震惊。有的嬉皮士住在斯蒂夫勒酒店，有的嬉皮士住在人行道上。

"我当时和哈希姆在一起。"我回想起 1976 年时这个干净而空旷的地方的模样。坐在一家古董店前的两个阿拉伯人热情地向我问候。"你认识他们？"拉姆问。他担心我扩大交际圈。"不，这里的人们似乎都能认出我。我想他们有在读我的书。昨天，"我指向左边的街道，"一个醉汉站起来，握了握我的手。"拉姆点点头，表情严肃。我们掉头往回走，左手边是泰姬玛哈酒店的背面，我很清楚妻子就在泳池附近。我再次向阿拉伯人微笑致意。我回想起 1976 年的情景，"当时哈希姆和我在散步，"——我用手向着树荫比画了一个想象场面——"有个女人就在那边给一个男人手淫，就在那边。"

"该死，"拉姆说，对自己错过的精彩机会倒抽一口冷气，

"就当着你们的面？"

"是的，是的，但藏在毯子下面。我们可以看到她的手在动。其实是哈希姆看到的。我当时都走到街上去了。"

"真该死！"

拉姆沉浸在想象之中，我们一声不吭，一路走着。我们还是青年人，虽然已经年过五旬，曾经让我们震惊的事情，如今依旧让我们震惊。我们经历过成家立业，为人父，为人叔（拉姆有两个长大的侄子）；遭遇过失败；濒临过死亡；经历父母离世；见证他人成功——尽管如此，少年的秉性却顽固依旧，随心所欲地浮现。

"我以前喜欢卓哈拉·班杜瓦拉，"他说，"她也喜欢过我。"

拉姆四十年前就提出这个推断。他们彼此并不认识。她或许以为拉姆是体操运动员和拳击手，其实拉姆不会体操，也不会拳击。尽管她个子不高，但是会打篮球。她的袜子总会褪到帆布鞋帮，脚踝油光发亮。

"你见过她，不是吗？是个怎样的人？"

三十年来拉姆一直沉迷于此，虽然经历了起起落落，但是对她的未婚夫，或者说在 1985 年作为她未婚夫的那个男人，始终不减好奇。我记不起他的名字，可能叫萨蒂什吧。我父亲认识她未婚夫的父亲。但那晚，我并没有见到卓哈拉。

我现在才想到，他们要是结婚了，那可是跨宗教的婚姻。不过，这是新孟买对你思想的影响。未婚夫的父亲住在椭圆形广场对面的一套公寓里，今天大概价值两亿卢比。我提到拉姆的时候，她的脸色发白。女学生的心碎总是短暂的。我也怀疑，她已经意识到自己对未婚夫的厌倦。一个英俊、富有、无趣的年轻人，总是一手环着她的腰，让她看起来颇不自在。但她是不会用他来换拉姆的。不，不会，即便是在浪漫爱情片里，也会显得有些牵强。

"他看起来有点儿蠢。"我说道，三十年来我总是这么对拉姆说。

他确实有点儿蠢，总是逢场作戏，说起英语来，更是蠢到家了，十足的孟买味。他最终会把可怜的卓哈拉弄得烦躁不安。当时市场还没有开放。他现在应该富得油流，住在离椭圆广场很远的海湾区。他依然用漫不经心的口吻说话，说不定和卓哈拉还在一起，他是那种你平时不会想到的人，但是，只要想到他，就一定能够感知到他的轨迹。

"我当时真的很喜欢拉妮·拉奥。"

这片土地是住宅区，右边有一个公园。几个房屋工作人员在人行道上磨洋工。这里的房子充满热带风情，融合了平房式样，装饰艺术风格和殖民地风格。这条小路通向一个三岔路口，在那里，在 20 世纪 80 年代初期，有许多尼日利亚毒贩子偷偷摸摸地从一个门道飞奔到另一个门道。我们欣赏着房子的风姿，虽然清楚自己的方位，却装模作样地模仿起迷路的游客。

我俩提起学生时代的女同学，有的称名，有的道姓，也许是因为我们并不了解她们。拉姆总是对一个叫作拉妮·拉奥的女生念念不忘。卓哈拉·班杜瓦拉的眼睛是红褐色的；拉尼的眼睛则是绿色的，有点儿斜视，戴着厚厚的黑框眼镜，算是缺点，拉姆却觉得可爱。

"她真可爱，还很坚强。"他瞥了我一眼，"不是我瞎说，她的内心充满了热情。"

我们不时在各种房子旁边停下来，站一会儿，看一会儿。

窗帘半卷着。阳台半遮住了起居室。树叶遮挡了窗户。

　　想起那些说不出名字的女生，我才意识到，我俩有时谈论房子，谈得比女生还多。

　　我收到一条短信。妻子已离开游泳池。这时手机响了。

　　"爸爸？"

　　"嗯，怎么了？"

　　"你什么时候回来？"

　　"十分钟后。一切都好吗？"我对女儿说，仿佛她才十岁，不是十六岁。就像时差一样，她刚刚从漫长的童年时光中醒来。

　　我们找到摩托车，完好无损。

　　"你不该离开孟买的。"他一边责备我，一边心不在焉地望着海滨大道，"我身边一个朋友都没有了。"

　　我说不出同样的话。我当时就是想离开。我们站在一家精品店前，这里曾经是养老院。我的童年被困在这些地方，带也带不走。我回来之后，才与之重修旧好。我在这里长大的认知，完全是理论性的，种种微小生动的细节都已丧失，直到我面对街角、标志、遮阳棚，才会再度被唤醒。然后我才意识到，这一切林林总总，出于某种原因，都在殷殷期盼我归来。

"我想你应该把胡子剃掉。"我对他说。我刚注意到，他哪里有些不对劲儿。后来才看出来，他新蓄了一层薄薄的胡子。

拉姆万般惊愕。

"为什么？"他用一只手傲慢地按在摩托车的座位上。

"这样看起来像你父亲。"

我在想他是如何变成了他父亲的模样，简直如孪生兄弟一般。看到这样的相似之处，我感到很不安——误入歧途的儿子成了那位孤寂落寞、漫无目标的父亲。儿子已然不再，只有父亲留在了戈拉巴。

他在考虑我的建议，然后猛地提起摩托车。

"人人都说我长得像他。"他为父亲英俊的外貌而自豪。我看得出来。我以前也喜欢拉姆的相貌。在大学时，他总是带着将信将疑而又沾沾自喜的神色，脱口而出："别人都说我长得像琼基·潘迪①。"琼基·潘迪怎么了？他演了三四部电影，

---

① 琼基·潘迪（Chunky Pandey，1962 -）：演员，出生于印度，出演过多部好莱坞电影。

几年后就退休了。然后，1982年，也就是我去伦敦的前一年，《洛基》上映之后的那年，拉姆又告诉我："别人说我长得像桑杰·达特①。"我看到了相似之处，虽然现在已经超出了体貌范围。他的时间浪费在了毒品上，给这个家庭带来了巨大的痛苦，尤其是给负责照顾家庭的父亲。1993年，达特因为在孟买爆炸案后非法持有枪支而必须在狱中度过几年。整整好几年的光阴啊！这几年，人世轮转，岁月流逝。惊心动魄的时间卷轴里，除了悬停滞留的命运，什么都没有发生。是的，我看到了他们的相似之处。明亮的眼睛，满脸的坦诚。

"这样别人会更看重我。"拉姆指的是自己薄薄的胡子。

他启动了摩托车。

"这只会让你更显老。"

他走了，他家离这里只有两分钟的路程，就在沙逊码头前面。泰姬玛哈酒店一直伫立在附近，守卫森严，活像一座军

---

① 桑杰·达特（Sanjay Dutt, 1959 -）：演员，出生于印度，是宝莱坞顶级的明星。

事堡垒。在泰姬玛哈酒店里度过的"好好的日子"到后天结束。我走到海滨大道，转过身，背向大海。我向房间的窗户张望，很难区分哪个是我们的房间，酒店大楼就像多面体的侧面一样，棱角分明。我打电话给女儿："来窗户边上，我就站在下面。""在哪里？""就在下面，在水边。"什么也没出现，一片沉寂。接着："这里。"我挥着手，但是看不到她。"你在吗？"我向可能的那一片窗户挥手。"我在。""你在做什么？""我在挥手。"

从酒店往外看，感觉可能更加奇怪。无论是海洋休闲吧，还是客房，都是这样。不仅仅因为视野变幻莫测，更因为每个风景都有一段历史。你会感觉到自己和他人处于同一个风景，同一段历史之中。

我经常看到在大道上散步的人抬头看。来自各个省份，三代同堂的家庭。祖父、孙子，还有介于两代之间的家人。还有许多欧洲人，都带着照相机。我敢保证，他们实际上看不到我们。即便如此，我仍感觉自己被揣测猜度，有时，甚至感到恐惧，一种无法逃离的恐惧。

　　我下午给拉姆打电话，他的声音听起来懒散呆滞，仿佛我刚把他从井里拽出来一样。"还在做春梦吗？"我严肃地问道。"不然呢？"然后，他问道，"啊哈，今晚你有什么安排？"我没告诉他，我们要在酒店顶楼的黎巴嫩餐厅用餐。我们曾在酒店吃过一次。在这里消费超过三顿，就足以让一个中产人士一下子沦为穷鬼。以前这里是家叫作"约会之地"的法式餐厅，小时候我和父母常来这里。你可以从这里见识到许多不一样的东西，就连我认为阴郁沉闷的孟买，在寒冷的电影式扫视中也变得精彩起来。迷离的灯火、一栋栋办公大楼、远处低矮的瓦片屋顶、船坞、幽暗漆黑的水面，即便感到无聊，也令我难以忘怀。"约会之地"餐厅再怎么高档脱俗，总归是属于这个世界。我们也一样。透过虚无广阔的黑暗，我带着迟疑的爱意，凝望曾经住过的那栋大楼的轮廓。

　　"啊哈，"拉姆故意说，"你们尽情玩吧。我感觉累了。我想休息一下。"

　　"希望很快再见到您，先生。"
　　退房时，我有一种冲动，觉得要间隔一段时间后再回来，重温遭到破坏的地点——不是一段时间后就能完全复原的酒店，而是我生命中的第一阶段。

"希望如此。"

"谢谢您，先生。门卫给您妻子买到药了吗？"

"买到了。"

一楼传来一阵喧闹。我打开靠楼梯的门看了看。一小群人聚集在海洋休闲吧外面，其中的一些我有些眼熟。一个女人对他们说："请跟我来。"他们很快消失在一条内侧通道里，看不到了。是这家酒店新开放的文化遗产观摩活动，每天组织两次。我们也才刚刚发现。

在好莱坞灾难片和史诗片的结尾，时间总是倒退回溯，像拼图一样，将分散的元素拼凑成一个整体。泰坦尼克号重新开始起航；罗素·克洛与他被谋杀的妻子和儿子团圆重聚。这不是幸福完满的结局，而是在面临死亡和悲剧的结局时，为实现不可能的振奋人心的效果而创造的惯例：重返愉快的开始。电影技术让冥府地狱都失去了存在的必要性。

在泰姬玛哈酒店，时间既向前流逝，也倒流回溯。我退房离店，别人抵达入住。行李箱放在门童的手推车上，一切如

少年时光的朋友

旧。再次构成的，已然不是田园诗般美好的过去。这是今天下午，此时此刻的泰姬玛哈酒店，正如我们四天前抵达的那个下午一样。我们走到大堂，等待优步的预约车。

致　谢

感谢信任我的作品、信任本书的人：莎拉·切尔芳特、阿尔芭·热戈－柏丽、米特齐·安吉尔、佳妮·乔治。也感谢西格丽德·罗辛，在《格兰塔》中发表过此书的节选部分。

还要感谢几个不需要说出名字的朋友。

一如既往地感谢妻子林卡和女儿拉达，她们以不同的方式，支持我的写作。